KB215057

산산수수화화초초
山 山 水 水 花 花 草 草

이기철 시집

서정시학 시인선 153

서정시학

　시인 卍海에게는 천의 산 백의 물 만의 꽃 억의
풀이 모두 우거다반이었다
　억새 띠풀은 너무 여려 호랑이발톱풀이나 진정수
리 부리쯤은 되어야 양지의 토분土盆에 담았다
　기룬 것이 다 님이기에 천초만엽이 마음에 감겨
어찌 긴힛돈 그츠리잇가
　갈농사 서 말 소출로도 겨울을 난 것은 소작의 손
이 산산수수를 어루었기 때문이다
　산이 피운 화훼 내川가 키운 수초를 베옷 안에 길
렀으니 가실佳實의 됫수가 문제랴

　　　　　　　　　　　　　— 「산산수수화화초초」 부분

산산수수화화초초
山山水水花花草草

시인의 말

이 시를 쓰는 세 해 동안 나는 부유하는 영혼을 데리고 이 땅을 살다 간 천 년 전 사람들과의 통화를 시도했다. 걷거나 차를 타며, 내 발길 닿는 가항街巷, 자주 눈이 멎은 가람과 뫼, 유유수 점점산, 촌촌가 인인생流流水 點點山 村村家 人人生의 면면과 그 세밀화를 그려 보려했다. 나. 제, 려. 조(羅濟麗朝)인의 삶의 모습을 읽어내려 했다. 거기엔 지나간 천년이 각양각색으로 꽃피어 있었다. 그 가운데도 나는 나·려대(羅麗代)의 삶에 착목했다. 지금까지 손에 밴 내 시의 관습을 깨뜨리고 싶었다. 뼈를 바꾸고 태를 벗고 싶었다. 예견할 수 없는 불안과 희망이 섞바뀌었다. 인습을 벗어나 새 삶의 얼굴을 보고자했다. 먼지 낀 전적을 뒤적이며 한 편 쓰는데 한 달이 걸린 작품도 있었다. 고어체의 구절이 이해를 방해할까봐 뒤편에 <부록>과 <시인의 편지>를 붙여 편의를 도모했다. 시를 통해 만난 선대인들과의 천 년 대화를 세상에 내어놓는 마음 두렵고 설렌다.

무술戊戌 성하盛夏 청도 낙산 寓居에서

李起哲

차 례

제2부

제3부

[부록]

제1부

백제행

이 고전을 언제 다 읽나 쪽마다 넘실대는 고샅과 여항
을, 서으로 기우는 열사흘 달같이 명주 올로 맺어진 연기
설화 같이 곱돌고 에우르는 세모래 길 안니는[1] 자리마다
꽃자리 천 년, 하날 호명하면 열이 화답하는 가르마길 눈
썹길 사력砂礫 밟고 간다 그립다의 어원이 괴일까 사랑일
까 헴가림 타래타래 예리성 밟으며 간다

손에 잡힌 가항과 골목, 여염과 사랑舍廊을 언제 흙리에
서 끊어내나 낡은 하늘이 새 구름 만들면 들녘은 평사낙
안, 이운 남ㄱ l 새잎 돋는 속내로 헌 마음 새 옷 입히며
간다 마음에도 안팎이 있어 밖을 빌려 안을 빗질하며 간다

높은 달 길 쓸고 명경 물 얼비쳐 나각소리 해금소리 밟
으며 간다 사부絲部 아쟁소리 늘골에 심으며 명주베틀 북
지나듯 구름 지나는 열사흘 달, 저 달이 백제 달이다 적
곰[2] 좇아 실실이 풀어놓고 몸 안고 마음 갈아 꽂아 십제
넘어 백제 간다[3]

---

[1] 안니는: 앉고 일어서는
[2] 적곰: 조금, 잠시(「動動」, 六月 조)
[3] 십제十濟: 본래 百濟의 국호는 십제였다는 설(李丙燾)이나 지금은 부
정되고 있음

고려인과의 통화

별빛의 무게는 형석1)으로 달아야 그 무게를 잴 수 있다

근심과 그리움은 한 통속이어서 그 무게 또한 형석으로 밖엔 잴 수 없다

별이 깜박이는 것은 그리움 때문인지 근심 때문인지 아무도 잰 적 없다

그러기에 별의 생활사를 기록하는 데는 파스파문자가 필요하다

숫자표기가 없는 파스파로는 별의 가족 수는 헬 수 없지만 그 용모를 헤려면 팔만 유순의 산꼭대기에 올라 태양빛을 차단한 흑암 속에서 현미경을 대야 한다

샴발라2)에 가려면 먼저 범패를 닦아야 하지만 산스크리트어에 닿기 전 나는 세상을 버리는 연습을 하느라 생애를 다 써버릴 것이다

퉁구스어도 투르크어도 모르는 내가 견보탑품3)을 만지

---

1) 형석(衡石): 저울; 나무로 만든 것은 木을 따 權, 쇠로 만든 것은 金을 따 錘, 돌로 만든 것은 石, 편지의 무게는 형석으로 달아야 한다(始皇本紀)
2) 샴발라−티벳 불교에서 말하는 성스러운 나라
3) 견보탑품見寶塔品 땅에서 솟아나온 寶塔, 불국정토 구현의 상징

기 위해서는 외롭다는 말 대신 쓸 별의 말을 발명해야한다

　내 언 발이 녹는 그곳에, 눈 속에 패랭이 잎 돋는 그곳에, 암소가 목관악기처럼 부드럽게 우는 그곳에

　생애가 소모품인 줄을 나는 비로소 무지개 뼈 부러지는 소리를 듣고 깨달을 것이다

서리자 명주필

저 진청 물감을 퍼 올리는 데는 양금 두레박이 필요하다 창랑이라고도 명징이라고도 부른다 군데군데 패옥도 박혀있다 한 자尺만으로도 천 개의 단애를 물들일 수 있는 서리자鼠李子[1] 명주필明紬匹은 소공후[2]의 발현撥絃을 못으로 한다 서리자는 야산의 관목, 그러나 그 열매는 창남색 물감을 낸다 나무보단 그 물감이 상청이다 소공후는 발현 악기, 그 음이 청랑하고 애달프다 발현에는 양금 두레박, 유율有律타악기의 기교가 필수다 돌을 던지면 쨍그릉 유리 깨지는 소리가 나는 초발법을 채본採本으로 한다 일필휘지는 못 되어도 중필세필이면 족하다 그땐 누가 높은 데 올라 구라철사금歐羅鐵絲琴[3] 을 꺼내 금현을 탄주해 준다면 금상첨화다 이 잉크빛 악곡집은 백 년 뒤에나 아직 첫 판도 못 낸 바이칼음원출판사에서 낼까한다 겨울하늘 백만 장을 사재한 나는 그 번역본 인세만으로도 삼십년은 먹고 살겠다 보푸라기 많은 봄날에

---

1) 서리자鼠李子; 갈매나무 열매, 혹은 그 물빛
2) 소공후; 공후의 하나, 옛 악기(부록, 용어풀이 〈악기〉 참조)
3) 구라철사금歐羅鐵絲琴; 양금, 구라파에서 들여온 철사로 된 거문고, 영어로는 dulcimer

진달래 언덕에 널어 펴면 즈믄 등성이의 불도 끄겠다 풍
경이 되지 않고 풍경의 배경이 되고픈 저 찬란한 냉혹

사소娑蘇1)의 치맛자락

선도산 가는 길은 나 혼자가 아니다 내 발자국소리와 내 그림자와 나, 3인이다 혼자 가려해도 삼인행, 그만 따라오라 해도 함께 간다 웅덩이에 들면 발자국이 쉬고 그늘에 들면 그림자가 쉰다2) 선도산 복사나무는 사소가 심은 것이다 해마다 4월이면 사소의 치맛자락이 훈풍을 일으켜 연지 볼 상그러운 시녀의 옹위 속에 복사꽃을 피운다 누가 그녀를 왕모라 하는가 왕을 낳고도 어머니라 불리지 못한 한이 백단향3)열매로 맺힌다. 서앵산4)은 소리개가 날개 접은 산, 거기 비색이성緋色二聖5)이 나라를 일으켜 천 년 방국芳國이 새 옷을 입었

---

1) 사소娑蘇: 중국 황제의 딸로 해동에 와 돌아가지 않았다 부왕이 소리개의 발에 편지를 매여 보내며 소리개가 멎는 곳에 집을 지으라했다. 그곳이 서앵산西鳶山, 지금의 서악이다. 진한辰韓에서 성자를 낳아 동국의 첫 임금이 되었다. 혁거세와 알영이다 (『삼국유사』 권5 감통편, 선도성모 수희불사 편)

2) '그늘에 들면 그림자가 쉰다 畏影惡迹者(『莊子』 잡편 중 「漁夫」편)를 임억령(林億齡)이 '식영정기 息影亭記'에서 차용했음

3) 백단향: 단향과의 상록 활엽교목. 약재로 쓰임

4) 서앵산西鳶山: 서앵은 경주 서악西岳, 서악은 서수리의 借字 (빌린글자)라는 설 (『삼국유사』 431쪽)

5) 비색 이성緋色二聖: 붉은 비단 옷 입은 두 성인, 혁거세赫居世와 알영閼英

다 불구내는 밝은 세상, 박에서 태어나 천 년 세상을 열었
다 선도산 가는 길은 내 발자국소리와 내 그림자와 왕의
그늘 도반이니 나는 번번이 나를 잊고 내 그림자와 내 발
자국소리를 놓친다

아박조1) 사랑노래

프리뮬러를 안고 가면 네 얼굴이 일등성 같이 빛나겠니

나는 옛 노래 수제천2)을 듣다가 과편3)에 잠시 쉬며 설화지 같은 네 미간을 생각한다

옥반에 구슬 떨어지는 소리를 내 귀는 문자로 얻고 싶지만 소쩍새소리가 음을 끊어 자모字母로 옮겨 적지 못한다

안타까워라, 냇물을 밟고 가는 달빛의 발자국소리를 무슨 언어로 기록하랴

나는 뻐꾸기소리를 오십 년 들어도 유구곡4) 한 편 얻지 못했다

달은 어산5)처럼 일렁여도 철부지 귀뚜라미에게 번번이 목청을 앗긴다

---

1) 아박; 소판小板의 한쪽을 엮어 아박무牙拍舞를 출 때 쓴 고려 때의 악기, 아박을 손아귀에 넣고 놀려 박자를 맞추었다. 춤은 아박을 든 2사람이 대무對舞했고 주로 「동동」을 부르며 췄다 (부록; 용어풀이 <악기> 참조)
2) 수제천壽齊天; 느리면서 불규칙한 박자로 이어지는 백제, 고려시대 가요, 합주음악, 일명 「정읍」, 현재에도 정읍에는 수제천 보존회가 있다.
3) 과편過篇 「정읍사」 琴曲(거문고노래) 3장의 1행.
4) 유구곡維鳩曲; 비두루기 노래, 벌곡조伐谷鳥라고도 함, 고려 예종이 지은 노래로 알려져 있음.
5) 어산魚山; 범패를 말함.

울지 마, 흡협 남ㄱㅣ6) 꽃봉지 묶은 라그라스를 들고 갈게

바람이 아박을 연주하는 밤이어도 당당당 당추자7)

섣달 율律 들으며 삼衫자락 고치며 눈시울 젖지 마

능라도 간다

항라 능라 탑라는 비단이다 나의 발원에 능라를 입혀
민들레꽃배를 타고 능라에 간다 곳이 집안에 드니 올 가
즐도 저물어 모시 당풍[1] 소리끈이 사슴울음소리를 버혀
낸다 시듦이 없는 눈록 소엽[2]을 향적에 걸면 한해도 더
늠 같은 놀빛의 가을, 동동을 음차하면 북소리의 후강이다
둥둥치는 뱃머리에 나릿물[3]이 흑단머리를 적시면 새처럼
분계선을 넘어 나비처럼 디엠지를 건너가리 아롱곡[4] 소
엽小葉 비파에 걸고 가리 더러둥셩 다리러디러 악장 여음
을 불러서 가리 십일월 곳 진자리마다 베옷 구기며 가리
안아도 마음의 붓끝은 슬흔[5] 봉지 맺을지니 꿈에라도 한
데 녀져라 비단 길 광망으로 마름한 홍안[6] 따라 몸 여기
두고 마음 혼자 능라도 간다

---

1) 모시당풍毛詩唐風; 모시; 『시경』 주해서, 당풍; 晉나라의 분위기가 있
　는 국풍, 여기서의 唐은 晉나라의 다른 이름
2) 소엽小葉 옛 악곡의 형식, 「정읍사」의 끝 행
3) 나릿물; 냇물(川)
4) 아롱곡; 아롱다롱일일리阿弄多弄日日尼의 준말, 「井邑詞」의 별칭
5) 슬흔; 가련한, 슬픈
6) 홍안鴻雁; 큰기러기

유유수점점산流流水點點山

물음은 백이나 대답은 하나뿐, 물에 묻고 산에 대답하면서 간다 참나무 숲의 엽록을 빌려 하루를 색칠하고도 내일의 빛깔을 칠하지 못해 구름의 방향으로 머리카락 날리며 간다

자벌레는 오늘 몇 자尺의 땅을 제 몸자로 걸어갔나 자벌레의 발을 빌려 가는 내 발 또한 몇 십 리, 무애가1) 부르며 간다 미음微吟 한 소절 완보緩步로 간다 어떤 성황반2)이 계면조 선법으로 엽葉을 펴 후강도 절사도 없이 간다 장지와 모지 사이 향발3)을 끼고 무고동동무고동동 춤추며 간다

유유수점점산 물 따라 산 따라 간다 내 몸 아무 데도 저수할 곳 없어 갈망 갈증 갈급 한데 모아 등에 메고 간다 서린석석사리 조본 곱도신 길4) 허밍하며 간다 다롱디

---

1) 무애가無㝵歌; 원효가 지은 노래, 가사부전, 여기서는 일체 구속됨이
   없기를 바라는 마음의 노래
2) 성황반; 계면조 선법, 장평長平 음악, 巫歌, 축도의 노래(時用鄕樂譜)
3) 향발; 작은 제금을 장지와 모지 사이에 끼고 흔들어 소리를 내는
   악기, 향발무는 그에 따른 춤
4) 이상곡履霜曲 2절, 서린; 서리어 있는, 석석사라; 수림藪林우거진 수
   풀)의 엉클어진 모양(양주동은 『여요전주』에서 미상이라 했음), 조

우셔 마득사리 마득너우세[5] 유유수流流水따라 간다 점점산

點點山 따라 간다

본 곱도신 길 ; 좁고 구비 많은 길

5) 「이상곡」의 여음, 소엽에 해당하는 악기에 맞춘 음

이 반절反切¹⁾로 노래하노니

이 반절로 노래하노니, 문 열자 피어난 석죽 한 잎은 오늘의 고명딸 아니랴

아침강물에 반짝이는 윤슬은 물결의 음자리표 아니랴

과엽²⁾ 몇 장 씻어 선반에 올려놓고 우식악³⁾한 절 금선조⁴⁾로 띄우며

왼 발은 동으로 오른 발은 서으로 가도 좋으리

우마양저⁵⁾는 외양간에서도 즐거우니

눈 들어 하늘 보면 햇빛은 쇳소리를 낸다

붙잡는다고 쉬어가겠느냐, 내게 온 하루가,

나무에 걸린 달은 주인 없으니

거자여 거자⁶⁾여 너는 스그블 어느 쑥굴형에 잘 밤 찾아 방황하느냐

---

1) 반절半切; 한자의 음을 표기하기 위해 두 글자의 음을 합친 글자
2) 과엽瓜葉; 오이 이파리
3) 우식악憂息樂; 신라 눌지왕 작으로 알려짐, 가사 부전. 근심을 없애는 노래
4) 금선조金善調; 金의 훈인 '쇠'와 善의 종성 'ㄴ'을 반절로 취한 소리, 쇳소리(부록, 용어풀이 〈악곡의 형식〉 참조)
5) 우마양저; 牛馬羊猪(소, 말, 양, 돼지)
6) 거자去者; 나그네

25

높은 남ㄱㅣ 올라 구름붓으로 그릴 수 없는 사리 구결 현토로도 희차7)할 수 없으니

날즘생 길즘생도 염량 따라 목숨 내려놓느니

애반다라8) 짧은 산 그리매 가람에 드리우는 황혼녘 오면

잠자리날개옷으로 감싼 홀진 몸 벚잎 한 장으로 가없이 눕노니

---

7) 희차戲借; 한자의 의, 훈, 음을 짓궂게 차용한 표기
8) 애반다라哀反多羅; 슬프더라(鄉歌 「風謠」)

솔바람 색동
- 「풍입송」 변주風入松 變奏

풍입송[1] 소엽 바꿔 부르며 솔그늘 가리마길 혼자 오른다 저 솔소리를 음차音借하면 무우수無憂樹다

숨은 가쁜데 마음이 즐거운 것은 산의 숨소리가 내 발자국의 악절이 되기 때문이다

청마루 냉골 우에 한삼 두퍼 누워[2] 긴 잠 이뤘으니 아말감 햇살 한 손 끼니로 먹어도 좋겠다

내 몸 누인 봉당은 좁았으나 오름길은 날새가 길을 넓혀 언덕이 가깝다 황종평조[3]는 부질없어 손피리 불어 안행[4]을 따라간다

금곡琴曲은 익힌 바 없으니 풀잎피리나 불어볼까 십일월 청파하늘 실비단 궁륭 무우수 큰 키 아래 근심 벗어던지고 무고동동舞鼓動動 무고동동 동지사冬至詞 부르며 간다 아으 동동다리[5]

---

1) 풍입송風入松; 고려속요, 작자 미상, 가사현존, 『악장가사』, 『한국민족문화대백과』
2) 한삼汗衫 두퍼 누워; '땀 밴 적삼 덮고 누워; 고려가요 「동동」 11월 조
3) 황종평조黃鐘平調; 고려, 조선 시대의 악곡, 황黃, 태太, 중仲, 임林, 남南의 5 음계로 된 청아한 음조,
4) 안행雁行; 기러기길
5) 「動動」 각 연의 여음, 舞隊樂官及妓. 衣冠行次如前儀○舞鼓. 妓二人先

27

出, 向北分左右立, 斂手足, 蹈而拜 (춤꾼과 악관 기녀들이 의관을
차리고 나와 옛날 거동대로 춤추고 북을 쳤는데(○는 복자) 기녀
2사람이 먼저 나와 북쪽을 향해 좌우로 나뉘어 서서 손과 발을
맞잡고 뛰고 절했다『고려사』권 71, 「악지」『여요전주』動動 조」
여대인의 춤과 노래하는 풍습, 동작을 살필 수 있다.

떠도는 자의 사랑노래
―신거사련新居士戀

   울타리 옆 꽃가지에 까치 우짖네 앵두나무 가시에 상거
미도 줄을 치네 돌아오는 우리 님 귓가에 들리는 신발소
리 경경고침상耿耿孤枕上[1]에 잠 아니오네
   연모한다는 건 그의 눈 속에 들어가는 것 그의 눈 속에
집을 짓는 것 그 처마 아래서 끼니마다 숟가락 젓가락을 부
딪치는 것 바스락거리는 것 눈썹에 물방울로 매달리는 것

    ―나뭇잎 부딪는 소릴 들으면 그대 옷자락 스치는 소리
    들리나니, 옷소매 끌어당겨 흰 끝동에 때 묻히고 싶나니 베
    갯모를 베고 누운 그대 귓밥을 파고 싶나니―,

연모한다는 건 기쁨 반 근 슬픔 한 근 참빗으로 빗어주는
것 늦가을 새草처럼 희어지는 것 서리 끝에 잔가지 속절없
이 부러지는 것 누군들에게 거사련居士戀[2] 진한 연모

---

1) 경경고침상耿耿孤枕上 : 「만전춘」별사 2연 1행, 뒤척뒤척 외로운 침상
2) 「거사련居士戀」: 어느 부역 나간 남편을 기다리는 아내가 노랠 지어
   부르니 그 곡이 애달파 까치와 거미가 함께 노래 부르며 장단을
   맞추었다. 그날 밤 남편이 돌아왔다(行役者之妻 作是歌 托鵲喜 蟢
   子床頭弓網紗 以冀其歸也. 李齊賢 作詩解之曰, 居士戀. (『麗謠箋注』
   p.5)

한 돈쭝 없으랴 연모한다는 건 문풍지 틈으로 얼굴 맞대고 세상을 내다보는 것 눈물이 강물이 되기 전에 열 장의 타월로 물기를 닦아주는 것

떠도는 자의 아내는 오늘밤도 달빛에 머리 빗고 노래하네 저고릴 벗으면 흰 살결 위로 꽃이파리 화르르 쏟아지네 도셔오소서 도셔오소서 서창을 여러흐면 앵화 발흐나니3)

---

3) 「가시리」 4연 2행과 「만전춘」 별사 2연 3행의 접속

나인羅人의 사랑법

억새 속새가 한데 얼려 부딪칠 때 비파소리를 내는 것
도 참깨 들깨가 밭 가운데서 살을 비비는 것도 물物의 사
랑법이다 양물은 종種의 근원이자 필연이다 지증마립간의
음경은 1자 5치, 한 자는 미터법으로는 30센티, 어느 음기
淫器가 그를 받아 후사를 도모하랴 사자使者가 모량부의 동
노수冬老樹 아래서 땀을 닦고 있는데 맹견 두 마리가 북만
한 똥 덩어리를 두고 으르렁거리고 있었다 사자는 쾌재를
부르며 똥의 주인을 찾았다 줄넘기하는 아해들이 동요를
불렀다 모량상공의 딸은 빨래를 하다가 급하면 숲속에서
똥을 눈다네 사자가 찾아간 처녀는 키가 7자 5치나 되었
다 왕에게 사실을 고하자 왕은 수레를 보내 처녀를 데려
와 왕비로 삼았다1) 당 위에는 당상악 당 아래는 당하악
왼쪽에는 좌방악 오른쪽에는 우방악이 율려를 골랐다 팔
음악八音樂2)이 향발무3) 변조로 울렸다 창성의 예고였다
길조였다

<hr>

1) 『삼국유사』지증왕조
2) 팔음악八音樂; 율려에 맞춘 당상악, 당하악, 좌방악, 우방악
3) 향발무; 작은 냄비뚜껑 같은 놋쇠판을 두드려 소리를 내는 악기,
   엄지와 검지 사이에 판을 끼고 두드려 소리를 내면서 그 소리에
   맞춰 추는 춤,

바람의 풍속風俗

바람소리는 수도생활자의 고백록이다 바람의 울음은 백百의 음색을 지닌다 내 빗나간 상상으로는 바람의 언어는 신라인의 설음舌音이다 사랑한다는 말은 사량思量, 사량은 생각의 많음이다 청지녹필靑紙綠筆[1]로 쓰는 후대의 사랑은 줏이거나 괴다 녈구름을 부르면 마음의 붓이 연꽃을 피워올린다 연꽃의 점염법은 담채필묵으로는 진면을 볼 수 없고 계림유사 360어휘의 신라본을 긴히 펼쳐야 한다 나국羅國이 촉한보다 작은 땅에서 삼한일통을 이룬 것은 그들의 다산법이 유효했다 나대羅代의 성 풍속을 보려면 한지 연염법練染法을 배워야 한다 연꽃은 흙이 빚은 최상의 자색姿色, 그러기에 연화는 행서흘림체로 옮겨야 한다 묵이 기암괴석이 되고 사자발톱이 되려면 운화지雲花紙[2]가 필수다 나는 지금 시가 말의 노복이 되는 것을 이같이 에둘러 말하고 있다

---

[1] 청지녹필靑紙綠筆; 푸른 종이에 녹색 글씨
[2] 운화지雲花紙; 구름같이 흰 닥종이

의훈차[1] 제망매가 祭亡妹歌

생사를 누가 훈독할 수 있느냐 너의 길은 다만 두 물이 하나 된 합천合川, 그곳의 칠 부 능선 은행나무 아래, 나 예미처 여기에서 길이 목놓는다 하랴 차탄에는 처소도 방위도 없어 가지를 좋아하던 너는 미타찰에 있고 쥘리앙 소렐을 좋아하던 나는 억새꽃 이우는 낙산에 있다 삶과 죽음의 길은 음차로는 다할 수 없는 무량, 살아서 울며 너는 양자 죽어서 웃음 머금은 미간 어찌 다르랴 솔방죽길 삼십 마정 이에저에 나서 자라고 늙고 떠남이 다만 앞뒤 차례일 뿐, 너의 불사의방[2]엔 물의 몸 다가갈 수 없어 잠자리 날개 홑옷 날리며 실음絲音빌린 향비파 한 금도 없이 사뇌가[3] 한줄 흥리에 담아 갈맷빛 하늘에 띄우느니

**2015년 여름에 먼저 간 소년 적 친구 尹忠黙을 생각함, 그는 일본 소설 오미천순평의 『인간의 조건』의 주인공 가지를 좋아했고 나는 스탕달의 소설 『적과 흑』의 쥘리앙 소렐을 좋아한 학창시절을 함께 보냈다.

---

1) 의훈차義訓借; 한자의 뜻을 에둘러 빌리는 표기법, (부록, 용어풀이 <특수 용어> 참조)
2) 불사의방不思議方; 부안 변산에 있는 절, 삼국유사 권4, 24장, 眞表조
3) 사뇌가詞腦歌; 향가의 다른 이름. (부록; 이 시집을 읽기 위한 두 가지 조언, 참조)

고려로 가는 길

절요 25책은 권마다 사람의 발자국소리로 덮여 있다 발
자국에 담긴 노래가 면면하면 내 발은 어느덧 여대麗代로
가는 세로를 밟는다

고금동서 가편 가운데 청산별곡 8장은 금곡琴曲1)의 백
미다 율려를 넘어선 소엽2)후강3)은 자자字字마다 관주다
편복에 짚신감발한 노래꾼의 소리 하나가 헐한 세상을 건
너간다

나는 어제 망상 묵호 북평 나곡 후정 죽변 용화 후포를
지나왔다 땅 이름은 부를수록 토장 맛, 망상은 자미화, 묵
호는 물미역, 북평은 들깨꽃, 나곡은 명자화, 후정은 모란
대, 죽변은 오죽잎, 용화는 부용꽃, 후포는 자작나무로 내
상상은 채미를 더한다 삼척 지날 땐 삼베두루마기에 청려
장 짚은 옛사람을 그리워도 했다

---

1) 금곡琴曲;거문고곡, 「정과정곡」의 별칭, 조선시대 眞勺으로 이어짐
2) 소엽; 「정읍사」를 부를 때 4행, 11행 (부록<악곡의 형식> 참조)
3) 후강; 「정읍사」를 부를 때 5행, 후강 전(全) 5, 6, 7행 (부록 <악곡의
   형식> 참조)

수로부인곡을 놓치고 무릉곡을 지난다 거기 가면 8백
년을 살고 있는 고려인이 멀위랑 다래랑 먹고 지금은 누
가 통치하는 어느 시대냐 물을까 봐서다 물음에 대답이
막힐 것 같아서다

관동을 지나왔으니 또 내 편상화는 몽돌 숨 쉬는 다도
해를 좇아 오늘은 지명이 모두 음표인 진도 완도에 닿는
다 여요전주에서도 못 보았던 우선羽扇 나마자기 물미역의
하룻밤을 나문재와 바닷말로 식음하고 가난과 자족과 안
민을 벗했던 한아비들의 행색을 베낀다

마음 출렁여 하룻길 또 행려 백리, 어란포 벽파진 우수
영 녹진 명량 원동리 당인리 장도 소안도 노화도 마량 칠
량 별량에 닿는다 바다가 차라리 안가의 방석인 신지 명
사십리에서 톳과 다시마를 먹고 매생이 구조개국에 숟가
락 대면 어느덧 마음은 고현을 넘어 물 아래 물 아래 가
던 새 본다

백저포에 늑건4)으로 메투리를 끌면서도 면화의 웃음은
익어 운모 장석 각섬석이 된 마을을 지나며 음영만으론
늙지 말아라 썪지 말아라 빈 당부가 촉급이다 어디를 가
리키는지 붉은발꽉새 한 마리 송곳부리로 허공을 찔러 아
직은 마멸되지 않은 보허자5) 진작6)이 소금小琴 한 소리
로 피어난다

선인을 만나러 가는 길은 몸 비우고 마음 안고 가야하
는 길 동동 아박7) 내당8) 피리를 내려놓고 별곡을 걸어
마음허공에 금현을 거는 이 혈혈단신은 믜리도 괴리도 없
이 던지는 후생 모르는 한 개 돌멩이, 헝겊신 반소매남방
으로야 어찌 즑 대에 올라 해금을 혈 수 있으리!

---

4) 백저포 늑건; 백저포; 평민이 입던 흰색의 포袍, 늑건; 폭이 넓은 허
   리띠
5) 보허자; 송에서 고려로 수입된 악곡, 당악정재의 궁중음악, 늙지 말
   라는 축도의 곡
6) 진작眞勺; 만전춘, 이상곡, 자하동, 진작 4곡이 조선 초기(세종, 성
   종)에 연주되던 궁중 연악곡, 빠르고 느림에 따라 1, 2, 3, 4 진작
   으로 나뉨, 眞勺四體라 부르기도 함 (부록, 용어 풀이<악곡의 형식>참조)
7) 아박; 「동동」을 춤으로 출 때 아박이라는 악기를 사용한 민속무구舞具
   (부록 용어풀이<악기> 참조)
8) 내당; 고려 평민들이 불렀던 속악, 무가巫歌적 내용, 피리에 맞추어
   부르기도 했음

넷사름 풍류를 미출까 못 미출까

행화 아래 앉아 의고체 시를 쓴다 풍류는 바람 흐름이
니 고금이 따로 있느냐

어제는 화담에 놀고 오늘은 필원에 쉬고 내일은 매월
당1)에 든다면 어찌 산림한일2)을 복고라고만 하겠느냐

꽃그늘 이운 못에 붉은 꽃잎 떨어져 화담이고 마당에
난초 심고 벼룻물에 붓을 펴 필원인데 정월 설한에 매화
가 안은 달이 매월당이니 마음 곧추 세워 매운 향으로 지
내고픈 마음을 주석 없이 두루마리 장서로 번안하는 마음
뉘 알리

어제 천 년이 오늘 금각今刻3)과 동서한다고 쓰는 마음
짐짓 기꺼워 돋는 버들가지 어린 움에 눈 맞추며 여울물
소리로 귀를 씻는 이 한정閑靜 도랑물소리에 띄워 보내노
니 이 미려 이 연모 넷 사름 풍류를 미출까 못 미출까 4)

---

1) 화담花潭; 서경덕의 호, 필원筆苑「필원잡기」; 서거정의 문집, 매월당
梅月堂;김시습의 호
2) 산림한일山林閑日;산속의 한가한 날
3) 금각今刻; 지금 시각
4) 정극인의「상춘곡」2행에서 빌림

나문재 꽃잎

전강前腔은 외로운 소리, 악절1장은 석모낙안夕暮落雁 홀
울음이다 내 한려수도의 끝 마을 함구미 두포 학동 심포
를 돌며 파래 물미역으로 헐거웠던 갯벌 사흘, 부비새 난
이슷ᄒ였다 1)

갯사람 시절노래 읊조리며 세상을 건넌 며칠, 맨발 사
력砂礫으로 속요 한 속 후강後腔에 걸고 내 빈곤한 풍류는
물 아래 물 아래 핀 나문재꽃잎만 희롱하였다

월령에도 과편(過篇은 있어 부엽附葉 한 장에 목청은 금
선조2) 최완最緩 일진작 도와 차완次緩 이진작으로도 내 건
너갈 세상은 멀기만 해

모두 더디고3) 돌아오는 길, 천 년 전 사람 이름이 토
의채4) 한 타래로 발목에 감겼다

나문재이파리 나물 써는 소리가 삼진작5) 미음微音으로

---

1) 「정과정곡」 중강中腔의 변형
2) 금선조金善調 금선조는 악부樂府 3장의 3,4,5,6 장단으로 악부 1장 전
강前腔을 4도 높게 변조한 소리
3) 더디고; 던지고
4) 토의채土衣菜; 톳
5) 삼진작三眞勺; 악부 진작의 1,2,3,4 진작은 소리 완급의 마디를 말한
다.1진작은 가장 느리고 2,3,4 진작은 그 다음이다(樂府眞 勺 有一

내 귀를 울린 모래의 시간들

　저 이명耳鳴 끝에는 밥을 나르던 숟가락과 술을 나르던

술잔들이 다 깨어져 녹스는 날이　마침내는 오리니

二三四 乃聲音緩急之節也 一眞勺最緩 二三四又次之(大東韻府群玉 卷
十九勺) (부록 용어풀이 <악곡의 형식> 참조)

팔미라의 꽃1)

일만 행의 글일지라도 한 개 단어를 잊어버리면 현기증
이 난다

인드라의 코끼리2)로 오백 수레의 말을 운반해도 내 혈
흔 묻지 않으면 내 시가 아니다

나뭇잎 하나로도 지워지는 문자지만 바위에 눌려서도
깨어지지 않는 언어

야나강3) 가에서도 홍자색으로 돋는 자초잎4) 같은 언어

아직도 죽지 않은 팔미라의 꽃, 나의 시

---

1) 팔미라; 실크로드 재조명 때 발견된 시리아의 옛 도시, 팔미라의
   꽃은 神의 산에만 피는 꽃
2) 인드라의 코끼리; 인도신화에 나오는 상상의 큰 코끼리, 제석천왕
   이 타고 다닌다고 한다.
3) 야나강; 북해로 흘러 들어가는 러시아의 긴 강
4) 자초; 툰드라 습지의 풀이름, 홍자색 꽃이 핌

제2부

산산수수화화초초山山水水花花草草[1]

　시인 卍海에게는 천의 산 백의 물 만의 꽃 억의 풀이 모두 우거다반이었다

　억새 띠풀은 너무 여려 호랑이발톱풀이나 진정수리 부리쯤은 되어야 양지의 토분土盆에 담았다

　기룬 것이 다 님이기에 천초만엽이 마음에 감겨 어찌 긴힛든 그츠리잇가[2]

　갈농사 서 말 소출로도 겨울을 난 것은 소작의 손이 산산수수를 어루었기 때문이다

　산이 피운 화훼 내川가 키운 수초를 베옷 안에 길렀으니 가실佳實의 됫수가 문제랴

　백담사와 심우장 사이 설악과 감악 사이 천의 산을 밟고 백의 내를 건넜으니 바다의 겹도 일 만이어서 만해(萬海)다

나는 지난 여름 혹서에 그의 만년층괴경 같은 산가山家 침묵의 뚜껑을 열고 염열 다섯 섬과 이별 한 말을 곱장리

---

1) 산산수수화화초초山山水水花花草草;『한용운전집』 2권, 신구문화사, 불교논설 7 '見性'에 나오는 말
2) 「정석가」 6연 3행, '끈이야 끊어지겠습니까?'

로 꾸어왔다

그의 손이 만진 햇빛은 모두 금, 그 사랑법을 훈차訓借
하려다 그의 경해와 묵주의 음역을 백년 뒤에 돌려드리겠
다고 묵서에 인주를 찍고 빌려왔다

산은 푸르고 물은 맑았다 꽃은 붉고 풀은 초록이었다
발걸음에 징소리가 났다

촌촌가인인생村村家人人生

　세상의 모든 길은 신발 한 켤레가 낸 길이다

　한 번 밟힌 흙은 먼지가 되기까지 저를 밟고 간 발자국을 그리워한다 그립지 않으면 어느 흙이 잠자리꽃을 피우랴

　그리움이란 텅 비어서 가득 찬 것이다 별사別辭는 인인마다 형형색색이어서 내 미진 언어로는 대신할 수 없다

　삶의 어원은 사람이라고 없는 말 지어내 짐짓 우긴다 묻노니 삶보다 아름다운 말 또 있느냐 사람이 사람 생각하는 밤에는 향나무뿌리가 못 닿은 지층에 사람 마음이 닿아 습곡이 생긴다

　하루를 쓰고 남은 빛이 처마 아래 모여 안방 다듬이소리가 아롱곡阿弄曲*이 된다

　살고 사랑하는 마음 비유 아닌 아롱다롱이니 말의 절詩을 짓는 사람은 근심의 처마 위에 서까래를 거는 사람이다

　흰나비 날아가듯 그 분백粉白의 마음 끝에서 노래 삼기나니, 마음에 색동옷 입힌 사람들이 촌촌마다 집을 짓고 인인마다 생을 산다

*아롱곡(阿弄曲); 정읍사의 별칭

45

나즛손 속독束毒

헤슬핀 햇살은 눈물겹고 땅거미의 저녁빛은 마음을 채
근한다 살랑이던 꽃이파리엔 쫓아온 미명, 귀소한 새들은
혀를 놀려 반치음으로 남남喃喃[1])거리고 두물머리 도랑은
보표 없는 악절로 냇물에 귀화한다

께끼적삼[2]) 바람이 갈매나무 이파리를 흔들면 노간주나
무 아랫도리가 간지럽고 무엇이 못 마땅해 주릿대를 틀고
생황소리를 내며 내려오는 기슭의 느린 그림자들

아직도 직신거리는[3]) 햇빛은 화살로 날아온 초저녁 별
빛에 정맥이 풀려 들무웃한[4]) 산은 드므 물 한 듬 먹고
그 키를 높인다

지망지망 단작스러운[5]) 건 풀벌레 날개가 내는 조음噪音,
나즛손[6]) 광망은 아직도 제 빛 반 뼘은 남아 여기서

---

1) 남남喃喃; 새들이 재잘거리는 소리
2) 께끼적삼; 올이 성글고 가벼운 적삼
3) 직신거리다; 사소한 일로 남을 괴롭히다
4) 들무웃하다; 넓은 곳에 서서 당당한 모습
5) 지망지망; ;조심성 없다. 단작스럽다; 치사하게 굴다(채만식『태평천
   하』참조
6) 나즛손 ; 저녁 때(평북지방 방언)

하루의 길이를 채질하는 저문 나각7) 소리, 속독8) 어깨엔
날끝을 채질하는 가녀린 볕뉘

7) 나각; 전통 악기(부록 용어 풀이 〈악기〉 참조)
8) 속독(束毒); 망석중, 괴뢰, 귀검아, 허수아비, 꼭두각시 등의 신라 때
부터 행해져 오던 인형놀이 중 하나, 여기서는 허수아비를 뜻함
(최치원 『향악잡영』) 본 책 2부 「망석중이」각주 참조

새의 말은 풍명風鳴

날새들이 새의 말로 울 때 삼진작1) 읊조리며 내시랑內
侍郎2) 만나러 간다

새 노래는 스무 마루, 마루의 길이가 고르지 않아 진작
이후사以後詞로는 따라갈 수 없다 수지무지족지도지3)새는
소리 안으로 들지 않고 여음 밖에 머문다

애오라지 우는 새에게는 무슨 사연 있거니 새의 말은
풍명風鳴이어서 바람이 데려오는 새소리는 자수 놓인 듯
수나롭다4)

직신거리는 발이 더뎌 나무의 춤은 무릎하고 옷소매 단
작스러워5) 웃통 벗어놓고 화악산 기슭에 눕는다

슬픔의 색칠은 진갈맷빛이어서 목청껏 노래해도 심금
한 줄 새길 수 없다

하늘로 오르는 사닥다리는 없어

영창곡永昌曲6) 다섯 엽五葉 낮게 부르며 지구 끝으로 간다

---

1) 삼진작三眞勺; 조선 초기 정재 반주음악의 한 곡명, 일명 「정과정곡」,
   진작사체(眞勺四體)는 소리의 완급緩急에 따른다 (부록, 용어풀이 <악곡
   의 형식> 참조)
2) 내시랑內侍郎; 정서鄭敍의 벼슬이름, 고려 인종仁宗때 사람
3) 手之舞之足之蹈之; 손은 춤추고 발은 껑충껑충 뛰니,
4) 수나롭다 ;어려움 없이 순조롭다,
5) 단작스럽다; 조잡하고 유치하다
6) 영창곡; 고려, 조선조의 서정적 멜로디의 음악, 아리아에 해당

망석중이

오늘 내 종심從心[1]의 손에 든 책의 풀이로는 망석중이는
괴뢰, 괴뢰는 광대다 나본羅本 향악잡영[2]에는 광대는 대면
大面이다 괴뢰는 가면희假面戱의 귀검아[3], 쑥대머리 남면[4]
이다 얼굴에 남색 탈을 쓴 속독이다 무리를 이끌고 와 마
당을 돌며 제비춤을 췄다 사서史書로는 정학무연庭學舞鳶[5]
이다 괴뢰라는 회의자會意字를 읽으면 귀 속엔 갈 들녘 볏
단 소리가 들린다 나도 그 자리에

---

1) 종심從心: 從心所慾不踰矩(論語) 일흔
2) 향악잡영鄕樂雜詠: 최치원이 모은 민속 무악巫樂에 관한 시책詩冊, 금
   환金丸 월전月顚 대면大面 속독束毒 산예狻猊 로 나뉘어 있다. 금환은
   금빛 칠을 한 방울을 받고 차는 놀이, 월전은 만주인(야만인)의
   탈을 쓰고 노는 골계희(戱), 대면은 황금빛 탈을 쓰고 구슬을 손에
   들고 귀신 쫓는 시늉을 하며 노는 놀이, 속독은 쑥대머리에 남색
   탈을 쓰고 북소리에 맞춰 추는 춤, 산예는 사자의 탈을 쓰고 춤
   추는 가면극(인도의 동물놀이에서 유래). 이 용어들은 『麗謠箋注』
   「쌍화점」조에 설명 없이 사용되어 있음
3) 귀검아鬼臉兒: 귀신 얼굴을 한 아이
4) 남면藍面: 걸레처럼 헤진 얼굴
5) 정학무연庭學舞鳶: 마당을 돌며 제비처럼 춤추다, 기록에는 '압대押隊들
   로 정학무연을 했다'라고 되어 있어 '무리를 이끌고 와서 마당을
   돌며 제비춤을 췄다'로 풀이할 수 있다.(원문;束毒 蓬頭藍面異人間
   押隊來庭學舞鳶 打鼓冬冬風瑟瑟 南奔北躍也無端『三國史』卷 三十二,
   樂志) 『麗謠箋注』「쌍화점」조

벼 베러 가리라 그 자리엔 덤ㅅ거츰 없으리라6) 타고동동
풍슬슬7) 나도 그 자리에 나락 베러 가리라 낫 갈아 나락
베며 실팍한 햇살 옷 한 벌 뜨시게 입으리라 잎 진 나무
처럼 겨울을 견디리라 삼동이 와도 혼자서 지내리라

---

6) 덤ㅅ거츠니 업다; 답답함이 없다, 우울함이 없다 (「쌍화점」 2연 말)
   에서 차용

7) 타고동동풍슬슬(打鼓冬冬風瑟瑟)에서 차용,『三國史』樂志, 각주 6 참조

고요의 긴 끈

청라는 푸른 담쟁이, 아롱다롱일일리1)는 청라가족의
동요다 누가 저 옹알이를 담쟁이한테서 빌려왔나

담쟁이는 땅비단2), 비단저고리를 입었으니 면벽규장3)
이다 끼니마다 온 식구가 두리상을 놓고 햇빛식사를 한다

침묵은 누나 적요는 어머니 적막은 아버지 고요는 막내
딸이다 덩굴을 당기면 한 식구가 모두 딸려 나온다

은박지에 싸인 햇살은 고수머리, 지리다도파도파4) 음
계를 밟으면 고요의 끈은 끊어진다

가끔 쿨링포그가 머리칼을 적시면 보풀새털구름이 손톱
잎새 위에 앉아 그네를 타기도 한다 계산동으로 내려가는
돌계단은 여든아홉 칸, 칸 끝에는 검은 망토를 입고 계산
성당이 백십년 함묵을 안고 있다

고요의 끈은 깊어 마음으로뿐, 딴 자尺로는 잴 수 없다

---

1) 아롱다롱일일리阿弄多弄日日尼: 정읍사의 '아으 다롱디리'의 원음
2) 땅비단: 지금地錦 담쟁이의 한자어
3) 면벽규장面壁圭璋: 벽의 면에 걸린 귀한 장식
4) 지리다도파도파智理多都波都波 지식과 지혜를 가진 사람은 이미 다
   알고 도망갔으니 장차 도읍이 무너진다는 뜻으로 풀이한다(삼국유
   사, 處容郞 山神唱歌), 여기서는 그런 뜻을 버리고 다만 그 음율과 가
   락을 빌림

51

울음의 탐구

울음은 소리뿐 아니라 형태를 갖는다

울음은 그 사람 속으로 들어갈 수 있는 최단의 통로다

풀벌레 울음은 노래, 까치 울음은 짖음, 바람의 울음은 우레, 사람의 울음만이 울음이란 말로 앉을 자리를 비켜준다

울음 속에서 그의 평원은 넓어지고 그의 마음은 깊어진다

가끔 울음은 울 곳이 없어 헛울음이 되지만 송곳니로 씹어보면 향미의 멜로디가 흘러나온다

백의 색깔과 백의 향기를 가진 울음은 그가 그늘에서 햇볕 속으로 돌아오는 섬세한 길이다 마음을 번식시킬 온 돌방이다

나는 오늘 아침 문득 생황1) 운라2)소릴 듣다가 산들바람 같은 울음의 영혼에 사로잡혔다

내 귀는 울음을 잘 듣도록 아욱잎처럼 오므라져 있다

---

1) 생황; 박통 속에 죽관竹管을 꽂고 소리를 내는 악기 (부록 용어풀이 〈악기〉 참조)
2) 운라; 놋쇠로 만든 작은 징 10개를 나무틀에 매단 고악기 (부록 용어풀이 〈악기〉 참조)

수묵일기 水墨日記

　　농묵보단 담묵이다 내 목탄 화필은 파묵보단 발묵이다[1] 운화지는 구름종이, 평원산수는 독필禿筆[2]로 낙정한다 운필에도 백묘법[3]인 내 담채는 번짐이 윤곽을 깨뜨린 뒤 비로소 낙관落款이다 햇빛은 은면지銀面紙에 쓴 천편일률의 내간, 그래서 나무는 잎다이 꽃다이 사계를 견딘다 누가 나무에게 어디가 네 몸이냐고 묻겠느냐 떠는 잎 하나에 아프지 않은 가지 있느냐 꽃은 웃어도 소리가 없고 새는 울어도 눈물이 없다[4]고 옛 시인은 나무가 되어 말했으니 예리성 그으며 걷는 사람아 지는 잎 내리듯 흙을 밟아라 물과 먹墨이 선염되어 흑백이 농익은 세한삼우수묵담채歲寒三友水墨淡彩 앞에서 연적 물에 먹 풀리듯 흉터자국 살 오르는 하루를 빨아 햇볕에 너나니

---

1) 발묵;농묵; 진한 먹물, 담묵; 물기가 많이 번진 먹물, 파묵破墨; 연한 데서 진한 데로 가는 먹물, 파묵은 뚜렷한 윤곽을 지을 때 쓰는 먹물, 발묵潑墨은 목탄으로 구도를 잡은 뒤 수석송죽 등을 배치, 낙정落定하고 초점에만 진하게 먹을 주는 묵화 기법.
2) 독필禿筆; 몽당붓
3) 백묘법白描法; 묵화에서 색과 형태보다 선만으로 그리는 화법
4) 『매월당집』「畵」「유양양柳襄陽에게 올리는 진정서」

누두상 꽃차례

볼리비아 산 단간군생 선인장은 누두상[1]이다

짐짓 왜곡하노니 머리끝에서부터 젖가슴 위까지 눈물이
흘러 누두상이다

어찌 아니리, 멀고 먼 뿌리의 고향 못 잊어 흘리는 눈
의 물, 눈물

익생양술대전[2]의 서술대로 아래로 흘러내리는 몸피가
곡선으로 꺾인 식물의 양자가 그것이다 직유컨대는 물봉
숭아 처진 꽃술처럼 섬약해진 여성의 몸이 누두상이다

오십조 개의 세포를 입고 걸어가는 육체여 어느 진핵세
포 하나를 내 것 아니라고 내려놓겠느냐 우리가 아름답다
는 건 저 원핵세포들 발자국 떼어놓을 때마다 빛으로 반
짝여 구룡령 선갈퀴처럼 그 진한 꽃차례 흰 적삼처럼 나
부낌이니

뇌 선조조소線彫彫塑를 빌어 저 고혹을 베껴 명경 한복판에
두고 진종일 말없는 벌곡조伐谷鳥[3] 한 雙에게 노

---

1) 누두상漏斗狀; 밑으로 흘러내리며 점점 좁아지는 모양, 여기서는 눈
   물 흘리는 얼굴에 비유
2) 익생양술대전益生養術大全; 질병 치료에 관한 의서, 권혁세 지음
3) 「벌곡조伐谷鳥」; 잘 우는 새, 뻐꾹새의 별칭, 악곡은 고려 예종 작이

래를 불리리

　가시 돋은 그리움 피어 있는 누두상 진물 배듯 흘러내
린 그 무릎 아래

겨울 광양행

설악에 얼음 어는 날도 유천에는 양지꽃 핀다 겨울 빗장을 열고 밖을 나서면 사금파리 몇 장 반짝여 추위 녹는다 구포 물금에는 봄을 기다리는 가랑잎 몇 장, 상동 밀양 언덕바지에는 개잎갈소나무, 창원 군북에는 눈 속에 돋은 겨울마늘밭, 반성 진주에는 뾰루지 같은 나생이 꽃다지, 완사 지나 북천은 잠 덜 깬 쑥부쟁이, 하동 광양에는 새파란 미나리꽝, 양철 지붕엔 하루사리 봄빛, 아무리 불러도 싫지 않은 열세 살 반주께 동자들, 그 아이 이름과 저 땅 이름 무엇이 다르랴 완행기차로 광양 가는 길 겨울 햇빛이 달아준 봄나물 이파리마다 눈물처럼 반짝이는 색동 이름표, 이 ᄆᆞ음 이 ᄉᆞ랑 견졸 ᄃᆡ 노여업다*

* 「사미인곡思美人曲」의 허두 부분

에밀레 맥놀이[1]

퍼져가거라 번져가거라 나이테 감기듯 휘고 감겨도 끝
내 너는 아무 것도 껴안지 못하리니 치닫고 흘러내려도
종래 너는 아무 것도 적시지 못하리니 천음회향天音回香으
로 현명絃鳴 끝에 슬瑟소리 한 가닥으로나 닿을지니 용뉴[2]
를 쥔 손의 떨림은 에밀레 아니면 범종 양각으로 새겨진
수금垂琴소리, 쌍비천의 검지 탄주는 비천상 선녀 치맛자락
의 끝동, 운라 끝에 매달린 물방울로나 울리리니 아직도
두근거리며 갈아엎으며 치닫는 4현비파는 나각[3] 홈통을
빌려 한 올 명주실 타래로나 풀리리니 생황과 수공후[4]는
쌍비천의 손금에서 피어올라 하늘문을 두드리리니 저 아
늑한 신음을 나는 아지랑이 속에 누워 파르르 떠는 계면
음조로나 들으리니

---

1) 맥놀이; 주파수가 비슷한 두 개의 파동이 간섭을 일으켜 새로운 합
　 성파가 만들어지는 현상
2) 용뉴; 범종의 손잡이
3) 나각; 소라의 뾰족 끝에 구멍을 내어 부는 악기
4) 수공후; 사다리꼴 모양의 틀에 13개 혹은 21개의 현을 건 악기(부록,
　 용어풀이<악기> 참조)

월하독작1)

나뭇가지를 꺾으면 가지보다 내 팔뚝이 먼저 부러진다

산길은 우거진 머루다래넝쿨, 누구의 폐 속에도 들지 않은 바람이 제 가족을 데리고 카락처럼 산다

누리는 평지 하늘은 궁륭, 사람은 각각, 삭삭기 세모래벌2) 걸어와 옷소매 천 개의 가지에 걸려도 어느 셰셔3) 먼지 낀 툇마루에 걸터앉아 송진 묻은 손으로 나물 수저를 들고 마음 붓 한 획으로 백 년을 기약한다

스싀옴4) 헤어지고 적은 듯 돌아오는 동산 꼭대기 높이 현 등불은 나의 즛5), 시는 심금 속 탄주되지 않는 음악이어서 즈믄 번 날끝日彗을 디뎌도 어릿손 내밀지 않는 너를 외오곰 좇느니, 어둠의 지배자인 달ㅎ 노피곰 도두샤 머리곰 비취오시라!6)

---

1) 월하독작; 李白의 시제에서 빌림
2) 「정석가」 2연 1,2행, 바삭바삭 소릴 내는 작은 모래벌
3) 셰셔; 억새풀로 지은 집, 초가
4) 스싀옴; 제 각각,제 홀로
5) 즛; 모습, 얼굴
6) 「정읍사」 전강前腔, 전강은 1연에 해당

죽지만독竹枝萬讀[1]

　　대나무가지에 횟수를 새기며 읽고 콩알을 짚바구니에
던지며 만 번 읽는다 가죽꺼풀을 세 번 갈아입히며 읽고
칼로 턱을 받치고 앉아 읽는다[2] 들판이 꽃을 밀어 올리
는 마음으로 물이 작약을 피우는 힘으로 읽는다 읽다가
오줌 누러 나오면 낙엽이 수북해지도록 읽고[3] 한 책을
십만삼천 번 읽어 3만 리 안팎엔 비길 이 없을 만큼 읽는
다[4] 아궁이 앞에서 장작을 패면서 읽고 당에는 못 올라
마당에 꿇어앉아 읽는다[5]

　　천 경 만 이랑의 문장을 애물처럼 만지며 읽는다 학질에
덜덜 떨면서 읽고[6] 나뭇잎으로 몸을 가리고 앉아 읽는다

---

1) 竹枝萬讀: 대나무 가지에 횟수를 새기며 만 번을 읽었다(정약용이 김
　　득신의 독서를 두고 한 말)
2) 曹植; 호 남명南冥(1501-1572), 남명의 독서법, 졸리면 턱에 칼을 받치
　　고 읽었다
3) 金守溫; 호 괴애乖崖(1409-1481) 조선시대 유. 불 학자, 독서가
4) 金得臣; 호 백곡栢谷(1754-1822), 조선시대 시인, 독서광으로 KBS에
　　소개됨
5) 노비 박돌몽은 장작을 패면서 외웠고 대장장이 배점은 당에도 못
　　올라 마당에 꿇어앉아 퇴계의 강학을 듣고 마침내 문리를 깨쳐
　　이 둘은 면천免賤했다
6) 박돌몽은 학질에 걸려 온몸을 덜덜 떨면서도 읽었다

글자로 흉중을 밝히는 시간을 위해 읽고 이마의 주름만큼
고뇌가 보석이 되는 시간을 위해 읽는다 원효가 장진론요
간掌珍論料簡을 쓸 때, 혜초가 남천축에서 사향시思鄕詩를 쓸
때의 심경을 헤며 읽는다 백이전 1억1만 3천독으로 사는
집을 억만재라 한 선인의 말을 들으며 읽는다[7]

---

[7] 김득신은 『백이전』을 1억 1만 3천 번 읽어 서재를 '억만재'라 했다.
『백곡집』에 시 416수가 실려 있다

파계운집1)

한 장의 풍경을 켜고 싶어서 잎새들은 군락을 이룬다
저녁등을 켜려는지 산새 울음이 나뭇가지에 금가락지를
끼워두었다
누가 나무를 무정물이라 하는가
제 몸에 손대면 금세 체온을 바꾸는 나무들의 푸른 인사

손으로 시내를 잡고 머리카락으로 구름을 모으는 지혜를
파계사 부연의 풍경이 절창으로 가르친다
나는 시간에도 잉여가 있다고 믿는다
내 발자국 소리에도 놀라는 산길에서
내간처럼 풀어진 숲길은 스무 구비
잎사귀들의 스크럼에 산새 울음이 갇힌다
심지2)가 손으로 붙잡았다는 개울물소리가 손 안에 들어
고요와 소음의 경계가 일시에 사라진다
선사는 몸을 간섭하지 말라3) 했는데

---

1) 파계운집把溪雲集:파계사에 구름이 모이다
2) 心地國師: 把溪寺를 창건한 신라 국사
3) 삼천포 대방사에서 西庵스님이 내게 한 말

발목이 벌써 몸의 주인이 되었다

고요가 품고 있던 열매들이 발자국소리에 깨어나면

이파리들이 제 먼저 운천에 닿는다

구슬나무가 꽃 순을 다듬느라 산조 아쟁소리를 낸다

좌도서원[1])에서 푸른 시간을 만나다

시간에도 물결 소리가 있다

품석 아닌 돌계단을 밟으면 발아래 고현古現이 함께 눕
는다

기념체 현판은 꽂을땜[2]), 편액은 절상감이라 시간에는
기운 자리가 없다

먹을 갈면 연적이 되었을 저 바위들이 자드락길을 종복
처럼 안내한다

신발에 밟히는 돌은 매죽문매병, 석문石紋이 돌의 품계다

문文이 도道를 실어[3]) 양각의 오백 년이 사액으로 현토
되었다

풍경風磬은 서원의 이환, 한림이나 불렀을 저 별곡체를
내 귀로는 해독할 수 없다

소수 도산 병산 도동이 나흘을 묶어 내 발은 유림儒林에
잠긴다

---

1) 左道書院: 경상좌도에 있는 서원들, 소수, 도산, 병산, 도동서원
2) 꽂을 땜; 상감象嵌
3) 문이 도를 싣다; 文以載道(성리학의 기본 이념)

저 고색이 숨기고 있는 내밀은 산과 물에 맡겨야 천 년을 건너리라

철쭉 자리마다 척촉화 우런 붉어

부연 끝에 그네 줄 매면 속청 푸른 하늘에 도포자락 펄럭이리라

탑신과 기왓골과 용마루들이 토해내는 오백 년

그 구결口訣을 내 경필로는 받아쓸 수 없어

붓펜 한 자루로 심방록에 낙필한 채 두리기둥 아래서 마음 단청 입힌다

한문현토는 내 빈핍의 관습

서장관의 이 운기4)로 이제는 석 달 동안의 글노동을 필할 때가 되었다

이 삼박三泊을 나는 애오라지 좌도서원 속내만 염탐했으니!

---

4) 書狀官 韻記: 문서 기록관이 쓴 운율 있는 기록

파경破鏡*

다뉴세문경多鈕細文鏡을 잔줄무늬거울이라 부르면 기원전
세기가 내 앞으로 걸어온다

이 거울도 본래는 원경圓鏡이거나 사방각경四方角鏡이었다

장생의 희원으로 누군가가 망혼을 보내고 남은 자의 슬
픔을 소제하기 위해서 이 거울을 닦고 닦았다

어떤 얼굴이라도 죽어 부토腐土가 되면 살아서의 아내
살아서의 자식 얼굴을 몰라 찾아오지 못하리라는 믿음이
두려웠던 것이다 슬픔의 부피를 알게 하는 영혼이다

깨어질 때 울렸을 해맑은 소리가 청각을 벗어나 닿는
가없는 하늘의 홑겹 그 끝에 수놓인 잔줄무늬는 생애가
디딘 발자국 소리

지아비와 지어미의 애증을 갈아 덮던 이불소리다

이미 기체가 되었을 정념이 기른 파경소리가 와옥의 풍
경 끝에 맺힌다

*파경破鏡: 깨진 거울

65

이식쿨호는 북로北路

추가령구조곡을 무사히 넘은 봄이 이식쿨호1)에 닿을 때까진 한랭 삼동이 소요됩니다

퍼플빛 금강초롱꽃을 만나기 위해서는 마식령을 맨발로 넘어야 합니다

바람이 론도로 불고 장수만리화가 황금빛 속옷을 흔들 며 다가오기까진 몇 CC의 기다림이 필요합니다

나른강2)에 봄꽃이 피었다는 소식을 들을 때까진 마음 을 놓아서는 안 됩니다

아불가습씨와 아르슬란씨3)의 아궁이에 모닥불이 꺼지 면 화양연화 같은 아지랑이 군단이 피어오를 것입니다

처녀치마꽃이 제 몸에 보라피톨을 칠하면 우리 생애 마 지막 봄이 타쉬바샷4) 낮은 굴뚝에 도착하리라 믿습니다 그때 나는 몇 안 되는 기술을 이끌고 이름만으로도 가슴 이 미어지는 낭림산 어느 객사에서 졸본아타5)로 가는 차

---

1) 이식쿨호; 키르기스스탄의 호수,
2) 나른강; 키르기스스탄의 강 이름
3) 인명
4) 타쉬바샷; 키르기스스탄의 지명
5) 졸본아타; 키르기스스탄의 지명

편을 묻겠습니다

　아직도 삼동을 넘으려면 모피 양말 두 켤레로 냉혹을 견뎌야 합니다

　봄이 와서, 낯익은 봄이 와서 청천가람가의 버드나무잎을 새롭힐 때

　나는 0.5도 이하의 시력으로 회령남녘 아침놀을 열 필 숙고사처럼 바라보겠습니다

　내 늑골 아래 잠든 북北이여

　그때까지만, 그때까지만 물소리 잘게 부수며 몸 성하기를!

그리운 툰드라

오들오들 떨며 이 세상 지나가는 영혼도 있다
맹목의 겨울은 셀로판지로 반짝인다
고사목의 뼈가 성자聖者의 모습을 하고
죽은 늑대의 울음이 혼자 빙원을 건너간다
하늘이 미증유의 새로운 별을 찍어내는 밤에는
이름뿐인 프란넬꽃이 핀다
사람들이 삭정이 같은 손으로 이글루를 지어
캄브리아 쥐라 백악기를 차례로 맞았다
드래곤선인장 가시는 북극인들의 뼈
그들의 삶은 초현실이다
유영하는 꿈 혼자 라벤더꽃씨를 뿌려놓고 돌아오고 싶은 곳
추운 스트로브잣나무에 내 입던 옷 한 벌 걸어주고 싶은
가보지 못한 그리운 툰드라

선풍 일으키다

매란국죽은 부채의 반려다 화조월석은 진객이다 누대
정자 아자방 기방에 출입하면 명선, 뒤주 토방 부엌에 들
면 속선이다 입하 소만 망종 하지에 미풍을 맞고 소서 대
서에 선풍을 일으킨다   선목 아래가 머리처럼 둥근 승두
선은 효시, 어두선 사두선이 버금이다 합죽선 반죽선 내각
선이 그 버금, 뿔 대나무 잡나무를 잇댄 삼대선은 막내다
박달나무의 단목선 마디 대의 죽절선 씨줄을 물들인 채각
선 흰 뿔을 변죽한 소각선 대 살이 많은 광변선 대 살이
적은 협착선은 그 미당未堂, 퍼짐이 원만한 상선 굴신이 부
족한 하선은 잡선이다 부채바람이 골을 불어 풀을 누이고
골을 씻어 선풍 일으킨다 선사先史에는 없고 동국세시기東
國歲時記엔 자세하다

제3부

가릉강 삼백리 촉도 산천

　가릉강 삼백리 촉도 산천이 촉한 땅에만 있으랴 내 사는 각북 낙산도 촉도 산천이니 내 일생 쓰고 가르치며 탁목조처럼 살았으나 이제 빈 집에 뚜깔잎처럼 남아 별빛에 머리감고 풀잎 아쟁소리로 하루와 작별하네 오늘도 서과西瓜* 넌출 두레박으로 물주고 솔잎에 부는 바람 비파소리로 듣네 내 높은 산 못 올라 세상 넓이 손 뼘으로 재지 못해도 뜨락에 분꽃 심어 그 양자 막내딸인양 아끼며 보네 햇빛이 씻어주고 간 머리카락 달빛이 어루만져 내 잠은 베갯모에 이토록 깊네 울타리 옆 휜원 석죽을 원추리 패랭이라 고쳐 부르면 어디서 고지새 지빡새도 제 이름 지어 달라 남남거리네 가릉강 삼백리는 남의 나라 땅, 청도천 삼십리는 밀양강으로 흘러 내 여기 천 년의 노래 한 조(調) 달빛 수공후에 거네

*서과西瓜; 수박

73

가항여향고샅골목

내 발은 완보 천리, 잃은 것 하나 없어도 동정 같이 하얀 길 돌아돌아 보았다 은면지로 피고 지는 목화 밭둑에 선 이 세상에 없는 사람을 기다리고 노래가 그리운 밤은 후정화[1] 한 엽 앵화에 걸었다.

낮은 도랑물에도 목숨이 살고 가항 고샅마다 달빛이 걸려 물봉선 장독대 위로 일등성 뜨면 보시기에 아욱국 담는 눈매 고운 사람 채송화 씨앗처럼 기다리기도 했다

그리움 은실 풀어 접시에 담아놓고 시금치 다듬는 흰 손 보고파 바자把子 한 겹 문간에 두른 모옥에 예리성 묻은 발길 오래 머물면 나는 그만 그 자리가 종생이어도 좋았다

어느 가락 반달노래에 내 소년이 담겨 허밍으로 띄운 노래 치맛자락에 감기면 거기가 대천가람 진국명산[2] 아니랴

헐한 밤 노숙에도 별빛은 내려 고의적삼 사발중의 한기에 젖어도 그 자리에 한 사흘 돌멩이로 박히면 어떠랴 싶었다

---

1) 후정화後庭花 옥수후정화玉樹後庭花라고도 함; 노래가사 중에 '옥수를 타고 오는 빛이 뒤뜰을 밝히니玉樹流光照後庭'라는 구절이 있음. 부록「악곡의 형식」참조
2) 진국명산鎭國名山; 진국명산 만장봉이요 청천삭출靑天削出이 금부용이라, 로 시작하는 판소리 대본

길 위에선 누군들 나그네 아니랴 내 백리 길 솜구름처
럼 떠나고 돌아온들 뜨는 해 지는 달에 무슨 한 있으랴

야심사(夜深詞3) 한 구절도 별빛에 끊겨 밤 깊으면 비두루
기 울음만 골을 찢는데

---

3) 야심사(夜深詞): 고려 속요, (부록, 용어풀이 〈악곡〉 참조)

막막조1) 한 필

내 하루가 봉숭아 막내딸과 비비새 누이라면 그대는 나를 무람없다 하겠는가? 발아랠 굽어보면 굽격지 보요박은2) 징도 다 닳아 은모래 세모래소리 귀를 울리는데, 내 지금껏 평조로만 마음 전했으니 오늘 새벽은 분에 넘친 막막조 한 필 쇳소리로 전하리라 한 생을 한 문장으로 맺는 관주필법 못 익혔으니 내 초려 우듬지에 베적삼 벗어 놓고 막조청성邈調淸聲3)으로 흉금 염열을 식히리라 부용병풍 분에 넘쳐 백 권 시집으로 바람막이 하량이면 성긴 모발에 깃드는 어둠이야 선요璇搖4) 만으로도 족하리 내 부르는 막조邈調 한 절, 물 긷는 아낙 꼴 베는 아이 못 읽으면 허사이니 이제 전후강前後腔5) 내려놓고 곱도신 골목 안에 분꽃 심어 억년 다녀간 하루해 신새벽 부상6)에 동여보리

---

1) 막막조邈邈調; 고려 속악의 7조 중 우조羽調에서 가장 높은 악조, 음조가 급하고 강한 율조
2) 굽에 총총히 (징을) 박은
3) 막조청성邈調淸聲; 막막조의 가장 높고 맑고 힘찬 소리
4) 선요璇搖; 북두성의 두 번째 별은 선璇 일곱 번째 별은 요搖, 北斗星 名其七星 一之四爲魁 五之七爲杓 合而爲斗(春秋運斗樞)
5) 전후강前後腔 (부록, 용어풀이 〈악곡의 형식〉 참조)
6) 부상扶桑; 해가 가장 먼저 뜨는 곳

야심사夜心詞 한 엽에 율을 붙여

　그대가 풍입송을 부르니 나는 야심사를 부르네 풍입송
은 당풍唐風이니 음을 따르게 야심사는 국풍이니 나는 뜻
을 따르네 등불 가늘고 달이 지니 여기가 선계라[1] 장고
소리 율 붙이면 내 귀에는 어언 심산유곡 청솔가지 바람
스치는 소리 들리네, 우에는 금琴 있고 좌에는 슬瑟[2] 있으
니 어느 쪽이 기울어도 율려律呂[3] 는 파탄이네 괴는 일
사량思量의 일 다 율려 아닌가 밤 깊어 정 깊은데 등불 다
하고 팔 벌려 막아도 달빛은 산봉을 넘네 노래 소리 그치
면 상열相悅도 그치리 풍광란풍광란風光暖風光暖[4] 실바람 불
어 복사빛 두 뺨이 물방울에 젖고 휘고 조이는 활대는 슬
픈 소리를 내네 그대는 풍입송을 부르게

---

1) 등잔월락하군선燈殘月落下群仙; 등불이 어둡고 달이 지니 뭇 신선 내
　려오네,「야심사」4행,『시용향악보』원래는 궁중연악때 군신 간
　에 부르는 노래였으나 여기서는 벗과 벗이 나누어 부르는 노래로
　변용함
2) 금琴은 울림통 위에 7현으로 소리가 느슨하고 미약한데 비해 슬瑟은
　울림통 위에 25현이 받치고 있어 섬세한 소리를 낸다. 금과 슬은
　항상 함께 연주된 악기로 부부의 연(緣)에 비유됨
3) 율려律呂; 대나무로 관管을 만들어 소리를 내던 고대 악곡조, 6양관
　陽管은 율律, 6음관陰管은 여呂
4) 풍광란풍광란風光暖風光暖;바람과 빛이 따스하다, 의 중복.「야심사」1
　행

나는 야심사를 부르겠네, 대쟁 아쟁도 제 곡조를 못 이겨

풀벌레 울음소리에 길이 묻히네, 오는 새벽 손차양으로 바

디5) 한 곡 보태면 이 밤 더듸 새오시라6) 장탄가만 길어

5) 바디; 새로운 창법으로 부르는 판소리의 기법
6) 「만전춘」 별사 3행

동가가 서호호東家家 西戸戸

　운라[1] 소리 따라가면 어느새 그 집의 규방에 발이 닿는다 큰 산 아랜 작은 산, 동으론 가가家家 서으론 호호戸戸, 이 실핏줄 같은 삶들에 수정 아닌 것 있으랴

　처마 아랜 금어초 심고 지붕 우엔 겹박꽃 올려 내간에는 아궁이 찬장에는 두레접시, 아롱곡 홍얼대는 내자內子 흉금 진홍에 물들어

　더러둥성 다리러디러 다리러디러[2] 가슴은 뛰고 단소 한 곡에도 귀는 열려 수단繡緞 대신 베적삼 차림으로 부용 꽃 속에 스미노니

　어간마루 걸터앉아 지난 천 년 발자국소리에 귀 기울이면 홑옷도 무거운 거자去者의 눈빛 나락이삭에 내리는 볕뉘로 빛나 오늘도 하루길 첩첩 백리, 베갯모에 새긴 꿈 목단 무늬로 수 놓여 행화나무 꽃 지면 봄바람 항라, 배고픈 동박새도 노래하기 전에 부리를 닦느니 떠나고 돌아옴은 부운의 일생, 동으론 가가, 서으론 호호

---

1) 운라; 놋쇠로 만든 징 10개를 나무에 매달고 치는 악기
2) 「쌍화점」 여음

천 년을 놀다 가는 달처럼

왜 군옥산[1]에 놀지 않고 내 누옥에 왔느냐 물으면 열사흘 접시달은 월견초 한 송이를 내밀며 대답한다 침향정[2]비파소리에 춤이나 추고 놀지 무엇이 궁금해 내 초려에 왔느냐 재차 물으면 청평조사 3수[3]를 바람에 실어 보내며 보오얗게 웃는다 그 여린 몸으로 그믐까지 가기에는 아직도 열이레가 남아 비슬산 동쪽 자락에 핀 사슴풀 노루귀꽃이나 만지며 노는 달

내 못 가 본 사이 석남사 석탑 아래 산나리꽃은 피었다 지고 유등연지 운문호수에 그가 딛고 간 발자국이 달맞이꽃 열 송이를 피워놓았다 기다림이 꽃말이 된 달맞이꽃, 달포 전 내 주마간산한 코펜하겐에도 경상북도 청도에 놀던 그 달이 적삼 벗은 알몸으로 놀고 있었다 짧은치마 아랫도리도 가리지 않은 천 년 나신 루나,

---

1) 군옥산群玉山:선녀들과 서왕모가 산다는 전설상의 산(山海經)
2) 침향정沈香亭:이백이 「청평조사」 3편을 지은 정자 이름
3) 청평조사淸平調詞: (若非群玉山頭見/會向瑤臺月下逢, 군옥산봉에서 만난 여인이 아니라면/필경 요대의 달빛 아래서라도 만났을 테지 (李白, 청평조사, 첫 수의 전구와 결구)

천 송이 꽃에도 나비는 외로우니

유구를 아느냐 운문산이 물으면 비슬산 구절초가 나 대신 대답한다

이 산 기슭에도 나려선국羅麗鮮國[1]이 치차처럼 차례로 지나갔으니

돌아보면 만 리 길 노을은 붉고 지금은 오산천川에 좋이 씻은 진흙 신

내 본시 소엽도 후강[2]도 못 익혀 올려 없는 시 한 줄 구름에 띄우며

굴참나무 잎그늘 아래 놀러오는 청령호접이나 기다리리

낙산에 해 저물면 밤이슬은 차고 홑이불 끌어 덮는 수잠은 여려

바람이 부쳐 오는 편지는 수 십 타래

천 송이 꽃에도 나비는 외롭고

성근 울바자 아래 맨드라미만 붉어

연지새 싸라기로 울면 엉클어진 생각은 갈래갈래

수백 결 머리칼만 만지고 떠난 해그늘日暮 스무 해

---

1) 나려선국羅麗鮮國 신라 고려 조선 대한민국
2) 소엽, 후강; 고악곡의 형식, (부록 용어풀이 <악곡의 형식> 참조)

베틀노래조調
―거창 삼베 일 소리

베틀노래는 우식악¹⁾이었다

싸리숲에 장끼 울고 오동잎 깁으로 지는 밤엔 베 짜는 소리 바디집 치는 소리는 3. 4박拍 도드리였다 어디 가면 더늠이 따로 있느냐 최활 당기는 소리 눈썹대 닫는 소리는 채 없는 장구소리였다

삼월에 뿌린 삼씨 유월에 찌는 삼곳 품앗이 두레삼은 긴긴 여름날, 매아미 길게 울어 여름도 가면 황모시 삼베 한 필 도투마리에 감겼다

무명지 당사실²⁾만 명주 올이냐 풀 먹인 삼베 올도 능라인 것을, 저질개 뿌린 물에 옷소매는 젖고 살 비친 홑적삼엔 은백색 달빛

누름대 눈썹대는 어둠에 젖고 잉앗대 거는 소리 장단이 맞아, 쉬었다 가라해도 아월천阿月川 세류는 황강으로 들고 천령산 봉우리에 달그림자 지면 삼 냄새 밤꽃 냄새 목매기 울음, 월령가에도 없는 삼베 일 소리는 내 유년의 자장가였다

달 가고 해 가도 귓속에 남은 연가보다 더 애틋한 솔베이지 노래

---

1) 우식악; 근심을 없애는 노래, (부록 용어풀이 <악곡> 참조)
2) 무명지(약손가락)로 짠 중국 산 명주실, 거창 삼베일 소리의 한 대목

메나리조 한 가락

    수청목[1] 이파리에 물든 남포적삼 말려 입고 물봉숭아 진홍에 물든 고의잠방이 입고 가면 만날 수 있을까 행화 씨 돌에 갈아 구멍을 내고 보릿짚 대궁 꽂아 호들기를 불며 가면 만날 수 있을까 떠나간 예순 해 잘도 피던 철쭉꽃, 헤어진 만 리 길 뜨겁던 백일홍, 여울 가 목매기는 단소 소리로 울고 풀언덕 염소는 피리 소리로 우는데 버들가지 물올라 껍질 비틀면 어느덧 손가락엔 옛날 불던 초적 하나 음절도 장단도 없이 하늘로 띄우는 슬픔보단 기쁘고 아픔보단 애잔한 누누백 년 논밭에 심고 가꾼 메나리[2]조 한 가락

---

[1] 수청목(水靑木); 물푸레나무
[2] 메나리; 농부들이 논에서 일하며 부르는 노래

학의 날개를 주어 옷에 덧대다

새 깃으로 기운 옷을 학창의[1]라 부른 선인을 생각하면 내 입은 화섬 옷, 내 신은 가피 신발이 송구한 날도 있다

가을까지는 몇 리인가? 이랑 길어 못 가는 밭은 없어도 마음 멀어 못 닿는 인인鄰人은 있다

나는 오늘도 젖은 발 젖은 신으로 백 리를 걸었다 닳은 신발 벗어 돌에 말리고 땀 절은 입성 개울물에 헹군 지나온 동쪽 길은 자드락길 열 갈래

시치고 감친 홑적삼 입고 난간에 깃털 빠뜨린 새 치어다보며 무연한 세상사에 마음 달랬다

새는 내 말을 모르니 왜 왔느냐 묻지 않고 빠뜨린 깃털 하나 주워 옷깃에 꽂으면 바다는 푸르고 새 날개는 은백색

오리나무 가지 꺾어 옛 시 한 줄 흙에 쓰면 하이얀 모래톱은 가없는 원고지

마음 불러 가는 길은 소리끈도 길어 사리화[2] 내려놓고 타령조 흥얼대는

어느덧 머리 위엔 별똥별 서넛

---

1) 학창의鶴氅衣 새의 날개를 주워 구멍에 덧대어 기워 입은 옷(김시습 『매월당집』 223쪽, 柳襄陽에게 올리는 진정서

2) 사리화沙里花 '黃雀何力來去飛/一年農事不曾知(참새야 너는 어디서 오가며 나느냐/일 년 농사 아랑곳없이 늙은 홀아비 지은 농사/벼, 기장 다 먹어 버렸네.(가난을 탄식한 노래) 이제현 한역시,『익제난고』『소악부』

새벽이 천의 골짜기마다

선인은 소 뿔 사이에 벼루를 놓아 경을 베꼈고

현인은 옷고름에 성성자惺惺子를 차고 신독愼獨을 염했다 지만1)

나는 일흔 해 창백하고 몽롱한 언어 몇 올에 생을 걸었다

기댈 곳 없는 몸 꾸짖으며 걸어온 길

바랑 하나가 전 재산인 구시나국 나그네처럼2) 아득하지만

대야물에 비친 내 모습 보며 아직도 이목구비 제 자리 인 것만으로도 마음 달랜다

봉선화에 이슬 내린 아침, 잣나무에 서리 내린 저녁을 종이에 옮기며

염열 속 식물의 정결을 배우려 낯 씻고 귀 열고 눈을 닦는다

어느 형형炯炯이 채찍 들고 나를 깨우면 내 가진 묘망을 개어놓고

별빛 청등을 켜고 앉아 시 한 줄 쓰리라 그리움도 욕망 이라 꾸짖으리라

---

1) 원효元曉는 『金剛三昧經論疏』를 쓸 때 소 뿔 사이에 벼루를 놓았고, 남명南冥은 지리산 자락에 은거하면서 옷고름에 성성자惺惺子를 차 고 그 소리를 들으며 자신을 깨우쳤다.

2) 구시나국 나그네; 혜초慧超를 가리킴

새벽이 천의 골짜기에 미명을 데려올 때
강물이 비단 깁 아래 모래알을 씻고 갈 때

열치매 낟호얀 달

마음속에 싹 트는 이 하이얗고 발그스럼한 것은 무엇인가

없던 눉므를 수프레 흘리[1]면 눉므를 받아먹고 피는 것
은 무엇인가

한 해를 열매에 담아놓고 잎을 땅으로 내려 보내는 나
무의 시월 밤엔

없던 등불 마음에 켜고 열치매 낟호얀 달[2]을 쟁반에
담는다

쟁반 하나가 달이 된 밤엔 나무의 숨소리를 찍어 손바
닥에 시를 쓴다

벌레 울음이 율려가 되는 가을밤엔 무슨 빗자루로 소조
蕭條를 쓸어낼까

별빛에 유리 장 금가는 마음을 연적에나 담아볼까

열친 문 닫으면 낟호얀 달도 숨어 내일 아침엔 이슬이
서리로 가겠구나

전서구傳書鳩[3] 부리에 편지를 물려 보내고 싶은 마음 어

---

[1] 나그네 눉므를 수프레 흘료라客淚進林藪나그네 눈물을 잡목수풀 속에
   흘리노라 『두시언해』권 6-2
[2] 문 열매 나타난 달 ;찬기파랑가讚耆婆郞歌 10구체 중 1.2구
[3] 전서구傳書鳩: 쪽지를 물고 날아가는 비둘기

디다 부칠까

　오직 두남둔4) 마음 하나 사람에게로 향하는 자정의 언어로

　물든 잎 다 져도 이 밤 더듸 새오시라 더듸 새오시라5)

아롱곡조로 노래하노니

.

4) 두남둔: 편애하는(「정과정곡」『여요전주』해설 223쪽)
5) 「만전춘」별사 1연 3행

하늘은 옛 하늘 구름은 오늘 구름

천 년 전 남천축에도 하늘은 파랬고 구름은 하얬다 보릿가루와 소금 연명으로 서천축 닿기 까진 짚신 열 켤레를 닳켜야 했다 자란다라국1)에서 탁샬국2)까진 서쪽 행 한 달, 얼어붙은 동토번국에선 발가락에 동상을 얻어도 소 마구간에 자고 털옷과 갈포로 몸을 덮으며 짚신감발한 서른 살 신라 청년이 천축 서른 나라를 돌며 사금파리로 쓴 시와 꼬챙이 꺾어 쓴 행장에는3) 노독과 눈물이 배어있다

내 오늘 열 평 남새밭에서 헌 모자 축 없는 갖신으로 하늘은 옛 하늘 구름은 오늘 구름이라 현토懸吐함은 모름지기 옛 시인 흉내에 불외하니 이 언어 다하면 풀물이 마른 잎으로 서걱이리니 키보다 높은 시름 무우수無憂樹4) 아래 풀어놓나니

---

1) 자란다라국; 북천축국의 수도, 인더스강의 지류에 위치
2) 탁샬국; 지금의 펀잡 지방
3) 하늘 끝 북쪽에 내 나라 두고/ 서쪽 땅 끝나는 남의 나라에 와 있네/ 남쪽은 따뜻하다고 기러기 오지 않으니/ 누가 옛 숲을 향해 날아가 소식 전할꼬(혜초의 시). 혜초(慧超)는 서기 723년에서 727년 까지 4년여를 불법을 공부하러 천축국 서른 나라를 짚신을 신고 배회했다. 그가 남긴 기록이『往五天竺國傳』이다. 이 책은 국내에 전해지지 않다가 1908년 프랑스인 폴 펠리오(Paul Pelliot)에 의해 돈황의 천불동千佛洞에서 두루마리 째로 발견되었다. 『往五天竺國傳』『한국의사상대전집』동화출판공사「혜초」
4) 무우수無憂樹; 석가의 어머니 마야부인이 보리수 밑에서 석가를 낳았다 하여 붙여진 이름. 근심을 없애는 나무

일유일혜—襦—鞋

아무도 만들지 않았는데 강물은 제 길을 만들어 흘러가더라

가슴 따신 사람들은 마당가에 분꽃 심어 작은 행복 가꾸더라

가가호호 모두 딸 키우듯 울바자 아래 달맞이꽃을 키우고

사흘만 더 피기를 기다려 채송화 금잔화에 물주고 북주더라

어제는 삼척 도계 오늘은 담양 장수, 경편차 헐떡이며 돌아왔지만

누홍초纏紅草 붉은 지붕엔 하늘이 커튼처럼 걸리고

원추리꽃 얼비친 처마마다 노을이 타월처럼 걸렸더라

수인사 한 사람들 이름 몰라도 그들의 저녁은 온아溫雅하더라

그들의 묻는 안부 실바람 묻혀 포쇄晡曬[1]하더라

내 한 달 열흘 낯선 동네 떠돌아도 서럽지 않은 사연

불행도 아기처럼 다독여 이불 속에 잠재우더라

내 잠시 들른 사찰 안뜰에는 탁태 출가 성도 입열반[2]

---

[1] 포쇄; 바람과 햇볕에 잘 말림
[2] 부처나 보살이 중생을 구제하기 위해 나타내는 8가지 변상變相 하천

부처보살의 일생을 돌에 새겼더라

내 일유일혜3)로 떠돈 서른 날의 방황

내게로 걸어온 천 년은 풀잎이고 강물이더라

달빛 별빛도 모두 제 얼굴 제 빛이더라

<hr />

下賤 탁태託胎 강탄降誕 출가出家 강마降魔 성도成道 전법륜轉法輪 입열
반入涅槃의 팔상八相
3) 일유일혜一襦一鞋: 저고리 하나와 짚신 한 켤레

나제통문羅濟通門

석견산은 돌비단산이다 석견산 바위굴은 나제통문, 통
문 어둠 건너가면 제濟, 그 안쪽이 라羅다 태양신앙으로는
애급의 모신 '라'와도 통한다 햇빛에야 경계가 있으랴 신
두리와 이남伊南리가 그 경계라면 두 동네의 울바자 허물
면 한동네다 달빛은 두 동네의 지붕 위에서 그네 뛰며 놀
고 호랑나비는 날개 저어 두 동네를 오간다 사람 길은 하
나지만 청령에겐 스무 길이다 나제인羅濟人 누군들 곳 됴
코 여름 하*길 바라지 않았으랴 제 향기 공으로 주고 싶어
앵화도 피었다 수령을 헬 수 없는 두리나무 아름 아래 떨
어진 잎사귀들은 은어 대신 침묵을 택했다 옛날에 이곳에
전쟁이 있었다 옛날에 이곳에 못 건넨 사랑 있었다 그래
서 달빛은 역사보다 유구하다

* 꽃 좋고 열매 많기를, 「용비어천가」 제2장

사금파리에 대한 사색

맨드라미 모종을 옮기다가 사금파리를 주웠다 은백색 편린이 내 손을 찔러 불현듯 상상은 시작된다

요窯의 태생은 옹기가마 아니면 명장의 요로窯爐였거나 편린은 비로자나불 대석에 놓여 향을 담던 제기였거나 백자상감모란문병의 아백색 비옥緋玉이었거나 한 가계를 받친 사대부의 식반食盤 일필휘지 죽을 치던 묵객의 연적이었거나, 그렇다고 짐짓 오두미를 거절하고 초려에 몸 묻은 시인의 술잔이나 퇴락한 기방妓房의 경대 위에 놀던 노리개가 아니라고 내 설변說辯할 요차 없으니

아무래도 종묘사직까지는 못가고 아전 사랑방에 머무는 내 상상은 어느 도공의 종생을 빌려 오백 년 전 도자의 전신을 끝없는 심폐소생술로 복원해보는 것이다 흙에 묻혔던 기나긴 침묵을 뱉어 내려고 몸을 놓아도 보았을 백자들 이 맨살로는 요窯의 귀천을 분변할 수 없다 다만 그의 곁에서 흑요석 채송화씨가 또르르 구르는 소릴 듣는 일과 밥솥에 우엉잎 찌는 냄새와 삽 끝에 부딪는 아쟁소리를 듣는 일로 내 삽날의 생령을 불러 환생했음을 나의 심지는 굳이 믿겠다 믿겠다

얼음의 수사학

얼음을 꽃이라 부르는 것은 남유濫喩다 빙화라 부르면 얼음이 입안에 버석거린다 타이가1)의 설편을 우편행랑에 담고 절족동물의 발톱을 이긴 원생대의 시간은 전인미답이어서 좋은 풍경은 다만 얼음景이어서

장일초2)와 지의류3)와 자색수지맨드라미가 피면 죽은 새의 영혼이 처녀가 된다는 드네프르강4)가에서 암반 더듬어 발을 내린다 만년 얼음을 견뎠으니 천인화千忍花의 현란을 무슨 말로 대필하랴 다만 자초같이 청초한 툰드라의 시 한 편 쓰고 싶어서 빙하가 녹기 전에 얼음 소사小史 한 편 엮노니, 작게 살아 기록 남기지 못할 빙하 연서, 손에 닿아도 모를 미농 선익지에 불가독문자로 초서하노니

---

1) 타이가; ;툰드라의 침엽수림,
2) 長日草, 로제트식물(툰드라의 식물), 현란한 꽃이 핀다
3) 地衣類; 나무나 바위에 붙어사는 극지 식물
4) 드네프르강; 우크라이나의 강,

어산영 한 자락

어산영 한 자락에 철쭉꽃 지고 어사용[1] 한 자락에 도라지꽃 핀다

지게목발 참나무 작대기는 세월에 썪고 소쩍새 두견새는 배고파 운다

곡풍谷風은 골짜기 바람, 검정베치마끝동은 흙먼지에 얼룩져

나락 논 매는 장정도 최활에 잉아 건 아낙도 시름만 깊다

영호강 가천강은 합천合川으로 만나지만 댕기 들인 숫처자는 어디서 만나나

베치마 빨아 너럭바위에 넌 아낙도 글자엔 눈동냥도 못해 까막눈인 지게꾼도

풀썰기 가랫장구 망께소리 지점소리[2]에는 장단이 절로 맞아 썩은 새끼 지게꼬리에 황경피 낫갊[3]에다 지게 꽂아 짊어지

---

1) 어산영, 어사용은 모두 나무꾼의 노래인데 노래 가운데 '까마구'가 많이 나와 경북 성주지방에서는 〈까마구타령〉이라고도 한다.

2) 풀썰기 노래는 작두로 풀을 썰면서 부르는 노래, 가랫장구는 가래(농기구)로 흙을 뜨면서 부르는 노래, 망께소리는 망께(쇳덩이)를 들어 올려 말뚝을 박을 때 부르는 노래, 지점소리는 줄을 당겨 큰 나무 토막을 들어 올리면서 부르는 노래(조동일 『경북민요』 형설출판사,62~90쪽

고 산천을 후어보니 길어진 산그늘은 낙동강 칠백 리

　산조 쑥대머리는 봉두난발가 두드려 장단 맞출 목발도 없이

3) 황경피 낫갏; 황경나무로 만든 낫자루를 지게 꽂아 짊어지고, 윗
　책 84쪽 ('낫갏'은 현지 녹음으로 채록한 것이므로 창자唱子의 사투리를 그대
　로 쓰고 있어 재해석이 필요함)

별의 노숙

별은 침묵의 대척에 있다 사치를 본성으로 하나 성층에는 천차와 만별이 있다

유성 사이엔 보폭이 큰 성좌가 있어 육안으로는 걸음새를 파악할 수 없다

그의 속성이 보편이 아니라 특수이므로 반짝이다가도 이내 담천曇天에 몸을 숨긴다

그의 행적을 찾으려면 성층권에 들어 그 성적(星籍)을 펼쳐야 한다 거기엔 유독 별자리 여행가들의 각고의 탐색이 필요하다

그는 본래 유구의 생리를 지녔으므로 쉬이 그 자태를 드러내지 않는다

성급한 작명가들이 미자르니 카시오페아니 오리온이니 하는 기명奇名을 달아두었으나 별의 노숙에는 그런 호명들은 존재하지 않는다

별은 다만 별자리에만 기거하고 무색무취의 어둠을 운반하는데 생을 바친다

그가 한 번 몸을 드러내는 데는 백만 년이 걸려 그의 발본發本을 건진 사람은 지구에 존재하지 않는다

춘향묘 앞에서

초가망석1) 불러도 절세가인은 오지 않고 중모리 장단 절창만 남아 있다 지리산 남쪽 자락 저 흰 돌 너럭바위, 뛰어내리고 소쿠라지는 수정렴 맑은 물가 단정학 같은 정자 한 채

전라명창 권삼득權三得이 콩 서 말을 지고 와 이 심산유곡 폭포수 아래서 소리를 배웠다는 용소龍沼, 콩 한 알에 소리 한 마당 콩 서 말을 다 던지고 득음했다는 명경지수

고고천변 일륜홍2)을 눈 비벼 맞으면 정령치 달궁계곡 노고단 세석평전, 저 큰 손이 어서 오라 손짓하는 솔그늘 고갯마루, 버들 푸르고 철쭉 붉으니 여기 주저앉아 수유를 천 년으로 맞은들 무슨 한 있으랴 아직도 골을 씻는 물소리 귀를 찢는데 가인도 명창도 가고 절창만 남은 진경산수, 어느 화옹畵翁도 베껴 못 그릴 돌올 청류벽

---

1) 초가망석; 판소리 사설, 혼을 부르는 노래
2) 고고천변일륜홍杲杲天邊 輪江;동틀 무렵 하늘가의 붉은 해;「고고천변」은 판소리 사설 제목

비파형동검

경북 청도에서 발굴된 요령식遼寧式 동검은 검신이 비파
형이다 비파형 검신에 슴베1)를 끼워 세워놓으면 비파가
된다 간돌검은 마제석검, 혈암을 갈아 곡인검을 만들고 한
뼘 벋어내어 직인검을 만들었다 이것은 청동기 시대의 유
물인데 삼천 년 뒤 인터넷시대의 청맹과니 내 눈에 섬광
처럼 닿았다 시간의 은익이 번쩍였다 검인劍刃은 무던하고
순하나 돌기부분이 살처럼 날카롭고 검자루끝장식이 엽맥
류로 아름답다 마제단추 마제등퉁 마제도끼도 그 양 날개
에 안좌하고 있다 몸통의 완만한 곡선이 공격용이 아니라
완상용이다 선인들은 무기에도 장식을 달았다 그 마음들
이 꽃살무늬를 이루었다 살짝 대 본 손가락 끝에 얼굴도
모르는 선인의 체온이 찌르르 전해진다 고인古人들에겐 칼
은 무기가 아니라 예술품이었음이 이로써 명약하다 검조
차 비파형으로 빚은 저 영험을 몇 행 줄글로 찬讚하노니

---

1) 슴베; 칼, 낫 호미 등의 자루 속에 박히는 뾰족한 부분, 슴베=莖部,
몸통=劍身, 간돌검=磨製石劍은 석기시대의 것이 아닌 청동기시대의 것

꽃의 만트라

꽃의 만트라[1]를 듣는 시간은 마음에 십자수를 놓는 시간이다 꽃잎 속으로 들어가면 어산[2] 한 대목도 운라소리로 들린다 석석사리 우거진 수풀에 앉아 듣는 꽃의 목청엔 원苑과 유囿[3]가 혼연 하나가 된다 원 안에 난초 심고유 안에 앵초 심어 꽃의 만트라를 별곡으로 들으면 살아온 일은 모두 누군가에게 절해야 할 일임을 깨닫는다 볕뉘 같은 고마움 갚을 길 한 줄 시밖에 없으니 내 손 잡은인인들아 내 눈 맞춘 물물들아 높낮이도 귀천도 없는 동리곡실洞里谷室들아 어제는 수제천 낙음樂音을 듣고 오늘은생황소리에 흥이 돋아 하룻밤을 꽃받침처럼 네 발 아래잠들었으니 산이 산의 어깨를 보듬고 물이 물을 껴안는어느 들판 어느 산곡에선들 내 못다 쓴 시 한 줄 풀잎에이슬 찍어 감람빛으로 써노니

---

1) 만트라; 眞言, 呪文
2) 어산魚山; 범패 또는 인도 소리. 중국 위나라 때 조식曹植이 어산에
   놀다가 범천(梵天 하늘을 다스리는 왕)의 소리를 듣고 그 음률을 본
   따 만들었다 함; 불교 의식의 노래
3) 원유苑囿; 고대에 초목과 금수를 기르던 원림 중 울타리와 담장이
   있는 것을 원苑, 없는 것을 유囿라 했다. 문왕지유방 칠십리文王之
   囿方七十里; 맹자, 양혜왕 장구 하 십육장

나는 끝내 신이 사는 곳보다 사람이 사는 곳을 사랑하게 되었다

일찍이 나는 가장 아름다운 나라는 신의 나라라고 믿었다 이 믿음을 수정하는데 나는 예순 해를 보냈다 신의 나라는 너무 높아 밤에도 이슬이 내리지 않는다고 말한 사제司祭의 입술을 떠올리며 신국神國을 상상했다 일요일이 곤백 번 지나간 뒤 계집애들은 처녀가 되어 내 곁을 떠나갔다

멸망이라는 말조차 아름답게만 들리던 소년은 다른 것은 아무 것도 될 수가 없어 시인이 되었다 이제, 오래 쓴 내 시가 화살이 되기보다 누구의 밥상에 오르는 갓 자진 쌀밥 한 그릇이 되기를 바라면서 쓴다 꼭 한 번만은 예뻐져야겠다고 몸단장하는 분꽃처럼 나는 끝내 신이 사는 곳 보다 사람이 사는 곳을 사랑하려고 오늘도 찬 물에 손을 씻고 창백한 시를 쓴다

다시 쉰 해가 지나가도 나는 끝내 신이 사는 곳보다 사람이 사는 곳을 사랑하리라는 믿음을 수정하지 않을 것이다

여적餘滴

나무는 제 몸속 어디에 진홍을 숨겨두었다가
봄이면 한꺼번에 저 많은 꽃송일 터뜨리는 걸까

가난은 숭고한 것
들꽃이 백 년 동안 한 벌 옷만 입고 나오는 것

산을 가장 사랑하는 것은
벼랑 끝 바위를 끌어안은 한 그루 소나무다

새의 지혜는 나무 위의 가장 고요한 곳에 둥지를 트는 것

도랑물이 끈을 풀어 두 마을을 하나로 묶어놓았다
그것이 천 년을 떠나지 않는 마을의 이유

봉숭아꽃에 잠 든 나비, 그 백 년의 고요

음악의 출생지는 추녀 끝에 듣는 빗방울

지금 어디에 살고 있을까
산 이름 강 이름 지어놓고 떠난 사람들은

나는 신을 생각하며 시를 쓴 일은 한 번도 없다
다만 고뇌하며 사는 인간을 생각하며 시를 쓴다

내 꿈은 비애에게 아름다운 이름 하날 지어주는 일

익은 열매를 터뜨리면 한 해가 쏟아진다
손에 닿는 흑요석

사람에게는 출생이 있고 나무에게는 발아가 있다

꽃이 웃음소리를 낸다면 나는 꽃을 사랑하지 않았을 것이다

말이 걸어올 때 전율하는 사람이 시인이다

노래를 만든 사람

침묵에게 색동옷을 입혀주고 싶은 사람

나뭇잎이 땅으로 떨어지는 시간이 지상에서의 영원이다

낮달은 누가 쓰고 버린 티슈조각
손때 묻은 16절 백지 한 장

달밤에는 강물의 키가 큰다
마을이 강의 젖 빠는 소리

내 발이 도달한 곳은 유한, 내 정신이 도달할 곳은 무한

누가 제 마음을 길어 새 이름 꽃 이름을 지어놓았을까
내 시는 그 이름을 종이 위에 옮기는 일

내가 한 번 시에 쓰고 버린 말들이
언젠가는 나에게 복수하러 올 것이다

부록

이 시집에 쓰인 용어들

\<악곡\>

ㄱ

금곡琴曲; 일명 정과정곡, 거문고에 맞춰 부르는 음곡

ㄴ

나례가儺禮歌; 작자 미상의 고려 속악, 잡귀를 물리치기 위한 노래, 섣달 그믐밤에 부르는 일종의 무가, 평조

낙양춘洛陽春; 당송唐宋에서 들어온 고려 음악, 기수영창지곡其壽永昌之曲이라고도 함, 歌詞 중 이전사(1절)는 이렇다. '사창 아직 밝아오지 않았는데/꾀꼬리 소리 들려 온다./ 혜

초 피우는 향로에 남은 향줄기 다 타버렸다/ 비단 병풍 깁
방장으로 봄추위 겪어 왔는데/간 밤 중 삼경에 봄비 내렸
다(이후사)(2절도 있음) (차주환 역)

내당內堂; 작자 연대 미상의 무가巫歌, 불교설화를 내용
으로 한 것, 계면조

당악唐樂; 신라, 고려 시대 중국에서 수입한 음악의 통칭

물계자가勿稽者歌; 내해왕 때 큰 전공을 세우고도 부당한
대우를 받은 물계자가 거문고를 타며 억울함을 탄식한 노래

보허자步虛子; 낙양춘과 함께 송에서 들어온 고려의 악
곡, 장춘불로지곡長春不老之曲이라고도 함

ㅅ

성황반城隍飯; 작자 연대 미상의 고려 무악巫樂, '동방에 지국천왕님아 남방에 광목천자 천왕님아....다리리 다로리 로마하 디럴디리 다리러 로마하'와 같은 여음이 붙어 있음 『시용향악보』에 전함

실혜가實兮歌; 신라 진평왕 때 무고하게 귀양을 간 '실혜' 의 억울함과 고충을 읊은 노래

ㅇ

아롱곡阿弄曲; 정읍사의 별칭, 아롱다롱일일리阿弄多弄日日尼 의 약칭

아악雅樂; 궁중음악의 총칭

야심사(夜深詞); 고려 속요, 풍입송(風入松)과 함께 부르 던 연회곡

우식악憂息樂; 신라 눌지왕 때 두 왕자, 즉 내물왕자 미

사흔未斯欣이 일본에, 복호왕자가 고구려에 볼모로 잡혀간 뒤 박제상으로 하여 왕자를 데려오게 하여 그 축하연에 불렀다는 노래, 눌지왕 작으로 알려짐, 가사 부전. 근심을 없애는 음악이라는 뜻

ㅍ

풍입송風入松: 고려속요, 작자 미상, 가사부전, 오늘날은 그 변주악곡이 피아노로도 연주되고 있음

ㅎ

향악鄕樂: 당악이 들어오기 이전의 토착음악, 우방악右坊樂, 우식악憂息樂이 대표

<악곡의 형식>

ㄱ

과편過篇-「정읍사」 금곡 3장의 1행은 과편, 2행은 금선조임,

금선조金善調 「정읍사」 3장의 3,4,5,6 장단에 해당하는데 평음인 1장을 4도쯤 높인 소리, 금선조란 金 자의 훈인 '쇠' 와 善자의 종성인 'ㄴ'을 취한 '쇤가락' 소리라는 뜻, 한 편 金善은 인명으로 비파의 명수, 그가 「정읍사」를 비파로 연주할 때 만든 악조樂調이기도 하다(『여요전주』 p.243) 「한림별곡」 해설중

대엽大葉; 민속악의 형식; 만대엽, 중대엽 삭대엽, 혹은 중엽, 소엽, 부엽이 있다. 「정과정곡」 「정읍사」등이 이 형식에 맞춰 부른 노래

동동; 고려 시대 음악, 동동무動動舞에 쓰이던 악곡, 월령체 고려가사

무고舞鼓; 북을 치면서 춤추는 궁중정재 악곡의 하나, 고려 충렬왕 때 이곤이 영해로 귀양 가서 바다에 떠내려 오는 뗏목을 건져 북을 만들었다는 데서 유래

무애; 고려시대 향악정재 악곡의 하나, 호리병을 두드리
며 부른 악곡, 「무애가」는 원효 작

ㅂ

봉황음鳳凰吟; 세종때 윤희尹淮가 지은 별곡체 악장, 처용
가의 악곡을 얹어 부름

ㅅ

소엽; 「정읍사」에서 4행과 11행의 '아으다롱디리'

수제천壽齊天; 대금, 피리, 북, 장고 등의 합주 음악, 느
리면서 불규칙한 박자로 이어지며, 조성調聲은 계면조, 「정
읍사」를 주로 합주해 일명 「정읍」이라고도 한다. 지금은 피
아노곡 「수제천」까지 만들어졌다.

ㅈ

자하동紫霞洞; 고려 충숙왕 때 채홍철蔡洪哲이 지은 가요, 가사 부전, 『고려사』「악지」에 한문으로 실림

전강前腔; 오늘날 1장, 후강後腔은 2장, 전강前腔 후강後腔 은 옛 악곡에서 단락, 가락, 장단을 뜻하는 말, 주로 「정과 정곡」「정읍사」에 쓰임

진작사체眞勺四體; 10구체 단련單聯의 노래, 「정과정곡」이 대표, 속악에서 일, 이, 삼, 사 진작으로 가면서 점점 빠른 템포가 됨 樂府, 眞勺有一二三四, 乃聲音緩急之節也, 一眞勺最緩, 二三 四又次之,(『大東韻府群玉』十九 『麗謠箋注』p.19)

ㅍ

팔음八音樂; 율려에 맞춘 당상악, 당하악, 좌방악, 우방악,

평조선법平調旋法; 평조는 서양음악의 장조長調에 해당하 는 율조, 5음으로 구성되는 5음계 노래, 본래는 7음조였으 나 현재는 임종평조林鐘平調와 황종평조黃鐘平調; 황종을 궁 (宮; 으뜸음)으로 하는 율조만 쓰임, 선법旋法은 음의 조직과 체계(『악학궤범』이후에 사용되는 선법)

향발무響鈸舞; 향발은 냄비뚜껑 같은 작은 놋쇠판을 맞부 딪쳐 소리를 내는 악기, 작은 심벌즈를 연상시키는 타악기, 엄지와 검지 새에 끼고 소리를 내면 거기 맞춰 춤을 춤

황종평조黃鐘平調; 고려, 조선 시대의 악곡, 황黃, 태太, 중仲, 임林, 남南의 5 음계로 된 율조,

후강; 「정읍사」의 5, 6, 7행, 후강전全은 5, 6, 7행

후정화後庭花; 노래 가사 중에 옥수유광후정화(玉樹流光後 庭花; 옥수를 타고 오는 빛이 뒤뜰을 밝히니)라는 구절이 있어 이 름 지어진 악곡

<악기>

금琴; 거문고,

공후箜篌; 발현撥絃악기의 하나, 굽은 공명통 아래 횡가橫柯
가 있어 공명통과 횡가橫柯 사이에 줄이 걸려있는 악기

ㄴ

나각; 소라의 뾰쪽한 끝에 구멍을 뚫고 입으로 부는 악기

ㄷ

당적唐笛; 중국에서 수입된 악기, 우리 고유의 악기인
대금, 중금, 소금과 구분하기 위해 당적이라 함
대금; 우리 고유의 대나무로 만든 공명 악기

ㅅ

사현비파四絃琵琶; 줄이 4개인 비파

생황; 박통 속에 죽관竹管을 꽂고 소리를 내는 악기,

소공후小箜篌;우리나라 고대 발현악기의 하나, 현명악기
絃鳴樂器(줄이 울리는 악기), 대공후, 와공후도 있다.

수공후堅箜篌; 사다리꼴 모양의 틀에 21개 혹은 13개의 줄을 달고 쳐서 소리를 내는 악기(강원도 상원사 범종에 새겨진 그림, 범종그림에는 쌍비천(雙飛天)이 수공후를 타는 모습이 양각되어 있음)

소금; 대금 보다 짧은 공명 악기

슬; 울림통 위에 25현이 안쪽으로 받쳐진 고대 악기

아박牙拍; 고려, 조선시대 향악정재鄕樂呈才에 쓰이던 악기, 長六寸八分下廣八分厚二分上廣六分厚一分半牙拍象牙爲之或用鯨骨鹿角之類(길이 육촌팔분 넓이 팔분 두께 이분 윗면 넓이 육분 두께 일분 반 아박, 상아나 혹은 고래 뼈 녹각 등으로 만듬(樂學軌範), 소판小板의 한쪽을 엮어 아박무牙拍舞를 출 때 썼다. 아박의 길이 21cm, 폭 2cm, 두께 4.5mm이며 손아귀에 넣고 놀려 박자를 맞추었다. 춤은 아박을 든 2사람이 대무對舞했고 주로 「동동」을 부르며 췄다.

양금; 유율타악기有律打樂器, 일명 구라철사금이라고도
함, 현명絃鳴(줄 울림)악기,

운라; 놋쇠로 만든 작은 징 10개를 나무틀에 매단 악기

ㅎ

향비파鄕琵琶; 삼국시대부터 조선조까지 쓰이던 향악기,
오현비파, 직경비파라 부르기도 함

<판소리가락>

ㄷ

더늠; 판소리의 명칭이 자신의 창법으로 새로 만들거나
다듬은 대목

도드리; 송宋의 보허자步虛子를 변용한 전통음악, 노래나
춤의 길이에 맞추는 장단으로 대개 6박으로 연주된다. 상
현도들이 하현도들이 밑도들이 윗도들이 등이 있다.

바디; 판소리에서 사서과 음악을 새로 짜서 독특하게

부르는 방식

*여음餘音; 뜻을 가지지 않고 흥을 돋우는 소리가락, 예를 들면,

아으 다롱디리(「정읍사」악학궤범). 아으 동동다리(「동동」악학궤범), 위 두어령셩 두어령셩 다롱디리(「서경별곡」악장가사). 더러둥셩 다리러디러 다리러디러 다로리거디러 다로리(「쌍화점」악장가사). 아롱다롱일일리 阿弄多弄日日尼(「정읍사」), 지리다도파도파 智理多都波都波(「처용랑 山神唱歌」삼국유사), 타고동동풍슬슬 打鼓冬冬風瑟瑟(『三國史』악지), 당당당당추자 唐唐唐唐楸子(「한림별곡」8연)

<서전書典>

ㄷ

당풍唐風; 『시경』국풍에 해당하는 시, '곳이 집안에 드니 금년도 저물것다'歲聿其暮의 차운次韻. 唐風은 晉나라의 분위기가 있는 국풍 시, 여기서의 唐은 晉나라의 다른 이름

모시毛詩; 한나라 때 모형毛亨이 전한 『시경』주해서

<복식>

남성복; 편복, 평정건(앞이 낮고 뒤가 높은 두건), 질손(元의 서리들이 입었던 이중 깃의 편복, 고려로 이어짐), 백저포(고려시대 평민이 입었던 흰색 겉옷), 늑건(폭이 넓은 허리띠)

여성복; 공기복, 민장복(고려시대 평민이 입었던 옷), 영락(염주목걸이)

<古詩>

거사련居士戀; 어느 부역 나간 남편을 기다리는 아내가 노랠 지어 부르니 그 곡이 애달파 까치와 거미가 함께 노래 부르며 장단을 맞추었다, 그날 밤 남편이 돌아왔다(行役者之妻 作是歌 托鵲喜 蟢子床頭引 網紗 以冀其歸也. 李齊賢作詩解之曰, 居士戀 '울타리 옆 꽃가지에 까치 우짖네/거미도 줄을 치네/돌아오는 우리 님 머지 않을 세/심신이 미리 알아 지감케 하네'(거문고 곡) 이제현 한역시, 『익재난고』『麗謠箋注』 p.5)

벌곡조伐谷鳥; 일명 유구곡維鳩曲, 뻐꾸기를 부르는 이름,

고려 예종이 정사政事를 위해 신하들에게 올곧은 말을 들으려 언로를 열어도 신하들이 화를 당할까 말을 하지 않아 지은 노래라 전해짐. 『시용향악보』에 1장이 실려있음.

사리화沙里花; 이제현 한역시, 『익재난고』『소악부』에 있음, '黃雀何方來去飛/一年農事不曾知(참새야 너는 어디서 오가며 나느냐/일년 농사 아랑곳없이 늙은 홀아비 지은 농사/벼, 기장 다 먹어 버렸네.(가난을 탄식한 노래)

<돌>

각섬석角閃石; 뿔처럼 뾰족하고 아름다운 돌,

감람석橄欖石; 모가 반짝이는 아름다운 녹색 돌, 석영, 유리, 장석, 차돌(이런 돌들은 우애, 화합을 상징하는 결정체)

<종이>

간지簡紙(편지지), 농선지籠扇紙(합죽선 바탕으로 사용하는 한지), 박엽지博葉紙(얇게 뜬 서양종이), 백추지白錘紙(닥나무로 만든 흰 종이), 선익지蟬翼紙(잠자리 날개처럼 얇은 종이), 분백지粉白紙(분을 먹인 흰 종이), 설화지雪花紙(평강지역에서 나는 흰 종이), 우선지羽扇

紙(깃털 같은 종이), 은면지銀面紙(은빛의 반들반들한 종이), 운화지
雲花紙(구름같이 흰 닥종이), 죽청지竹淸紙(대속처럼 희고 얇은 종이)

<고려 노래>

* 속요;
동동動動, 만전춘滿殿春, 이상곡履霜曲, 정과정곡鄭瓜亭曲,
정석가鄭石歌, 정읍사井邑詞, 쌍화점雙花店

*별곡
서경별곡西京別曲, 청산별곡靑山別曲

<특수용어>

*견보탑품見寶塔品; 땅에서 솟아나온 寶塔의 의미, 불법
실천, 불국정토 구현의 상징, 높이 500유순, 석가모니부처
가 『법화경』을 설법하는 그림이 양산통도사영산전(梁山通度
寺靈山殿) 벽화에 있음

*구결口訣;한문 문장 사이사이에 끼워넣어 읽는 '토'懸吐,
'國之語音異乎中國'에서 '국지어음' 다음에 '이,' '이호중국'

다음에 '흐니' 등을 넣어서 읽는 방식

＊누두상漏斗狀; 단간군생單幹群生의 볼리비아 산 선인장.
＊반절半切; 반절상자半切上字의 머리소리를 따고 반절하자
半切下字의 끝소리를 따서 합쳐 읽는 방식, '德'의 'ㄷ'과
'紅'의 'ㅇ'을 취해 '東 동'으로 읽는 방식과 그 글자

＊어산魚山; 범패 또는 인도 소리. 중국 위나라 때 조신曹
植이 어산에 놀다가 범천梵天의 소리를 듣고 그 음률을 본
따 만든 불교 의식의 노래

＊유순由旬; 고대 인도의 이수里數의 단위, 대유순은 80리,
중유순은 60리, 소유순은 40리

＊의훈치義訓借; 이두문자를 풀이하는 방식, 뜻을 빌리되 직
접적인 뜻이 아닌 간접적인 뜻을 빌림, '年數就音'(慕竹旨郞歌
4구)을 해석할 때 年數는 年紀의 뜻임으로 '살'로 해석되는
예와 같음(『古歌硏究』p, 125)

＊전적典籍
『三國遺事』일연,『古歌硏究』양주동, 『麗謠箋注』양주동, 『梅
月堂集』김시습,『益生養術大全』권혁세

시인의 편지
 —독자에게

　낯선 도시의 여행자처럼 낯선 고전 앞에 오래 머물렀습
니다. 도시는 낡아가도 고전은 읽을수록 새로웠습니다. 외
람되이 선학의 박람과 해박의 편록들을 공으로 빌렸습니
다. 값도 못 치르면서 함부로 고샅과 가항 이름도 빌렸습
니다. '서린 석석사리 조븐 곱도신 길'에 가랑잎 같은 삶을
기탁한 사람들을 애긍의 눈으로 바라도 보았습니다. 그들
의 삶과 그들의 일생에 헐한 상상으로 색동옷 입혀도 보
았습니다. 그러는 나를 누군가는 귀 시리게 시인이라 불러
주었습니다. 황감한 이름을 거절하지 않았습니다. 될 수만
있으면 역사와 지리의 뒤안길로 사라져가는 천년을 금은金
銀으로 매만지며 첨단과학시대의 먼발치에서나마 곁방살이
를 붙일까도 요량해 보았습니다.

　찾아가면 어느 뫼, 어느 가람에도 실실한 정이 봄풀처
럼 돋습디다. 마른 풀 고목 등걸에도 향기가 묻어 있습디
다. 산은 해마다 새 옷을 갈아입고 물은 흘러도 흘러도 끝
없이 새 물결을 더합디다. 그런 철, 그런 날은 그만 그 자
리에 주저앉고 싶습디다. 주저앉아 세상의 허명虛名 벗어버
리고 냇가 바윗돌 곁에 핀 술패랭이 양지꽃과 수작하고

싶습디다. 누가 지었는지, 내가 가는 고샅고샅은 저마다 알맞은 이름을 달고 있습디다. 산길 물길은 천 년 전의 이름표를 달고 아직도 연지 볼 같은 꽃을 달고 있습디다. 내가 부질없이 시에도 담아보는 새鳥 이름 꽃 이름을 지은 사람들이야 말로 참다운 시인이구나 싶습디다. 언어는 낡아가도 정서는 아직도 새롭습디다. 새新 노래를 들으려면 천 년의 노래를 들어야 하고 새新 시를 얻으려면 천 년의 시를 읽어야 하는가 싶습디다. 물은 물과 같이 흐르고 산은 산끼리 어깨를 걷고 있으니 그만한 종교가 어디 있을까 싶습디다.

한 번 신발에 밟힌 흙은 먼지가 되기까지 저를 밟고 간 발자국을 그리워하는가도 싶었습니다. 그립지 않으면 어느 흙이 단추꽃 댕기꽃을 뾰루지처럼 피울까도 싶었습니다. 세상의 모든 길은 누가 신고 간 신발 한 켤레가 낸 길이구나 싶었습니다. 비약일까요? 삶의 어원은 사람이구나 싶었습니다.

한 이태 여름을 뜨거움 빙자해서 참 많이도 떠돌았습니다. 흰나비 날아가듯 그 분백粉白의 마음 지닌 사람들이 촌촌마다 집을 짓고 인인마다 제 삶을 가꾸고 있었습니다. 그들의 처마에, 그들의 지붕에 천년의 노을이 내려와 앉는 것을 보면서 한삼汗衫 벗어 못에 걸어놓고 허름한 여사旅舍에서 잠을 청하기도 했습니다. 그때마다 입 속에는 '아롱다롱일일리' '타고동동풍슬슬', 옛 사람들의 생동하는 율동을 이길 수가 없었습니다.

선인의 삶을 읽으면서 내 얇은 감수성과 가볍기만 한 책장의 두께를 나무라기도 했습니다. 입은 옷이 낡고 헐어 새 깃털을 주워다 덧대어 바느질한 옷(학창의鶴氅衣)을 입고도 가난을 탓하지 않았다는 고현古賢의 삶을 읽으면서 나는 그만 그 아래 꿇어 그 강개의 한 올만이라도 빌리고 싶었습니다. 이것으로 어찌 기려羈旅라 하겠습니까. 어느덧 밀과 보리가 열매를 맺고 매미가 허물을 남기고 마른 풀이 소리를 내는 계절이 거짓 없이 땅 위를 찾아오는 동안 나는 돌아와 8세기 10세기 16세기와 함께 잠자고 잠 깨어 자판을 두드렸습니다. 몸은 지치고 흐느적였지만 마음은 새벽별처럼 반짝이는 날도 있었습니다.

비재천학으로 선현의 명구들을 빌리는 일이 송연하기도 했지만 그 분들 다 돌아가셨으니 어디에다 저작권료를 들고 문전을 두드리겠습니까? 다만 망각 속으로 매몰되어가는 그 분들의 빛나는 일절을 이 시대의 독자에게 전달하고 생기生起시키는 일만이라도 내가 할 수 있는 몫이라 생각했을 뿐입니다. 모자라는 부분 많으니 질책도 달게 받겠습니다.

무술戊戌 (2018년) 성하盛夏

시인의 사색록

— 이 시집을 읽기 위한 두 가지 조언

이두吏讀와 사뇌詞腦

'吏讀'라는 말이 발산하는 기운은 반절, 구결, 현토의 글자들로 오버랩 된다. 이것이 어찌하여 나의 뇌리에서 시상으로 밀려왔는지를 설명하면 이렇다.

사전의 뜻으로는 '吏讀'는 표기상의 한자의 음과 훈을 몇 가지 방식으로 빌어 우리말로 표기하는 방식이다. 신라의 학자 薛聰이 만들었고 一然이 노래와 이야기를 채록했을 때 이 문자를 빌려 기록했다. 『三國遺事』 소재 14수의 시와 均如가 채록한 『普賢十願歌』 11수의 불교찬미가를 후대에 이 방식으로 읽은 사람이 일본인 학자 오구라신페이(小倉進平)와 무애 양주동이다. 우리 고유의 문자가 없었을 때 기록문자로 활용되던 '이두', 이 '이두'란 무엇인가? 그것은 관리들의 문자 즉 관공서에 쓰이는 문자, 다시 말하면 공문서에 사용되던 문자였다. 일반 백성은 문자를 알지 못했고 문자를 갖지도 않았다. 그러나 나라의 살림을 맡았던 중앙정부에서는 전국의 각 지방에 공문을 하달할 필요가 있었을 것이다. 그때 어떤 형태로든 중앙관서의 문서를 전달해야 했고 이두는 그때 사용되었던 기호이자 유일한 문자였다. 그만큼 다른 문자를 갖지 못했던 시대에 이두는 관공서의 문자였고 나아가 몇몇 식자만이 사용할 수 있었던 구전민요나 설화의 기록 수단이었다.

弘儒薛候製吏書 俗言鄕語通科肄[1] 큰 학자인 설총이 이두문자를 만드니 속언과 향언이 이 글자를 통해 베풀어졌다 (帝王韻紀 下.新羅)

吏讀는 薛聰所製라 傳한다. 아마 그가 在來 使用되어온 廣義의 借字法 중에서 語助 (또는 公文書用 特殊語)에 使用되는 借字를 整理, 集成 혹은 新製添加하여 讀書用, 官府文書用으로 定型化하였을 이름이겠다[2] (古歌硏究 p.59)

'이두'라는 기호는 설총이 만든 문자라기보다 당시 관공서용 문자로 사용되고 있던 것을 설총이 새로운 기호를 더보탠 것이라는 설명이다. 설총의 문자 첨가로 확대된 '이두문자'가 신라 이래 수 세기 동안 公共 문자로 사용되었고 나아가 민간전승의 설화 채록용으로 쓰였으며 그 채록들로

---

1) 古歌硏究 p.59
2) 古歌硏究 p.59

오늘날 우리가 羅麗代의 노래와 이야기들을 만날 수 있게 되었다는 일은 나에겐 새삼 큰 감동으로 다가왔다.

그런 감흥으로 나는 다시 『麗謠箋注』를 읽었다. 『麗謠箋注』는 『古歌硏究』에 비하면 인용 전적典籍이 번다하지 않고 간략한 설명으로 이어지기 때문에 읽기가 한결 수월했다. 나는 『麗謠箋注』의 허두에서 '삼진작三眞勺'이라는 용어를 만났을 때 옛 친구를 만난 듯한 감흥을 느꼈다. 그리고 지금껏 큰 관심을 두지 않았던 '진작'의 형식을 알면서 기쁨은 배가되었다.

樂府, 眞勺有一二三四, 乃聲音緩急之節也, 一眞勺最緩, 二三四又次之,[3]

악부의 진작에는 1,2,3,4진작이 있으니 그것으로 소리의 급하고 느림을 조절하였다. 1진작은 가장 느린 소리이고 2.3.4로 가면서 점점 빨라진다[4]

고려노래들의 율조와 완급을 조절하는 악보로서 진작이 사용되었다는 것, 그 완급도 4단계를 거치면서 조절되었다는 것은 '진작'이 당시 음악의 정확한 악조였음을 알게 한다.

---

3) 『大東韻府群玉』 十九 『麗謠箋注』 p.19
4) 『大東韻府群玉』 19 『麗謠箋注』 p.19

두루 알다시피 고려노래는 속요와 별곡으로 이루어진다. 속요는 평민노래, 별곡은 대개 양반이나 사대부들의 노래다.

『樂章歌詞』 소수 가요는 麗, 鮮을 통하야 무릇 24편인데 「與民樂」「步虛子」「感君恩」「儒林歌」「新都歌」「漁父詞」「華山別曲」「五倫歌」「宴兄弟曲」「霜臺別曲」등 鮮代의 노래를 제외하면 나머지가 麗代 所成이고 그 중 「風入松」「夜深詞」는 漢詩에 懸吐이니 결국 麗謠로선 「處容歌」「翰林別曲」「鄭石歌」「靑山別曲」「西京別曲」「思母曲」「雙花店」「履霜曲」「가시리」「滿殿春」등 十篇이다[5]

그런가 하면 『麗謠箋注』의 시가들은 모두 시라기 보다 노래이기 때문에 읽으면서 율조를 느낄 수 있다. 그러나 그 첫 번째 노래는 신라 노래가 아닌 백제 노래 「정읍사」다.

井邑 全州屬縣 縣人爲行商久不至 其妻登山石以望之 恐其夫夜行犯害 托泥水之汚以歌之[6] (정읍은 전주에 속한 고을이다. 고을 사람이 장사를 하러 저자에 가서 오래토록 돌아오지 않으니 그 아내가 산 위 바위 끝에 올라 먼 곳을 바라보면서, 남편이 밤길에서 도둑을 만나거나 않았을까, 저자의 나쁜 데에 빠지지나 않았을까 걱정하며 노래를 불렀다)

---

5) 『麗謠箋注』 pp 19-20
6) 高麗史 七十一. 樂 志 二 『麗謠箋注』 p.18

그러나 무엇보다 이 노래는 각 연마다 '아으 다롱디리'라는 후렴이 있어 이 후렴 때문에 '아롱곡阿弄曲'이라는 이름이 붙었다는 설명이 나를 긴장시켰다.

『投壺雜歌譜』는 本條 '아으 다롱디리'를 '아롱다롱일일리 阿弄多弄日日尼'로 訛傳하여 그로부터 本歌를 「阿弄曲」이라 하였다7)

나는 여기서 「정읍사」의 애절한 내용 보다 '아롱다롱일 일리'라는 후렴에 더 끌렸다. 그것은 완전한 한 절의 음률 이었기 때문이다. 그런 끌림으로 이 노래들을 읽어나가면 후렴이 하나의 발랄한 노래가 된 구절을 수없이 만난다.

'아으 동동다리'(動動), 위 두어렁셩 두어렁셩 다링디리 (西京別曲), 더러둥셩 다리러디러 다로러디러 다로러거디러 다로러(雙花店), 다롱디우셔 마득사리 마득너즈세 너우지(履 霜曲), 서린 석석사리 조본 곱도신 길헤(履霜曲), 딩아돌하 當今에 계상이다(鄭石歌), 삭삭기 셰몰애별헤 삭삭기 셰몰 애 별헤(鄭石歌), 智理多都波都波지리다도파도파(處容郞 雙燕 曲),唐唐唐 唐楸子(당당당 당추자), 綠楊綠竹 裁亭畔(녹양녹죽

---

7) 樂學軌範 인용.『麗謠箋注』p. 50

128 산산수수화화초초山山水水花花草草

재정반)에 囀黃鶯(전황앵) 반갑두세라(翰林別曲)

이 율조를 귀에 담고 나는 떠오르는 생각들을 쉼 없이 썼다. 아마도 내가 시를 쓰면서 이처럼 신명나게 써 본 경험은 달리 없다고 해야 하리라. 시 쓰기의 괴로움, 시 쓰기의 즐거움이 교차했던 때였다. 여기다 다시 朴晟義 교수의 『松江歌辭』(正音社)를 내쳐 읽은 것 또한 내 시 쓰기에 일조를 하였다. 그리하여 이 시집은 2년여의 준비와 6개월 동안의 쓰기로 이루어진 50여 편이 한 채가 된 시집으로 태어났다.

무애 양주동梁柱東은 『고가연구』 첫 페이지에 이렇게 쓴다.

本著는 『詞腦歌箋注』가 그 원칭原稱이나 통속적 견지에 의하야 『古歌研究』라 표제함. 본저는 신라가요의 속칭인 향가란 그릇된 명칭을 일체 쓰지 않고 그 원칭인 「사뇌가詞腦歌」로써 일컬음8)

그러니까 우리가 통칭하는 '향가'는 범속한 명칭이고 원칭으로는 「사뇌가詞腦歌」여야 한다는 것이다. 「사뇌가詞腦歌」

---

8) 古歌研究 p.1

란 무엇인가?

王曰 朕嘗聞師讚耆婆郎詞腦歌 其意甚高 是其果乎 對曰
然 王曰 然則爲朕作理 安民歌(遺事 卷二 景德王)9) (왕이 말하기
를, 짐이 일찍이 국사로부터 찬기파랑사뇌가를 들었는데 그 뜻이 매우
높아 기려 부를만하다고 말했다. 그리고 마주 앉은 사람들에게 또 말하
기를 그만한 이치를 에둘러 안민가를 지어라고 했다).

이 「사뇌가詞腦歌」는 『遺事』뿐 아니라 『歌行化細分』등의
책에 쓰인 용례가 있어 이런 용례를 보면 「사뇌가詞腦歌」는
어떤 한 곡의 노래가 아니라 당시 불리어지던 일반적인
노래의 범칭임을 알 수 있고 또한 사뇌詞腦라는 말이 한자
어가 아니라 우리 고유어임도 확인할 수 있다. 그러면 무
엇으로 그것을 확인할 수 있는가?

'詞腦'라는 말은 『三國史 卷 三十二, 樂志』에, '思內樂'
'思內舞' '思內琴' 등의 이름이 있었던 것으로 보아 당시
행해졌던 민속음악, 민속춤, 민속 악기에 두로 통용되던
이름이었던 것을 알 수 있다. 뿐 아니라 '思內'의 '內'는
고어로는 '뇌'와 통함으로 '內' '惱' '腦' 등과도 통하며, 또
한 물노군勿奴郡, 물내군勿內郡 등의 지명에도 나타난 것으

---

9) 『古歌研究』 P,34

로 보아 그것은 신라의 지명에서 유래한 것임도 알 수 있다. 그러므로 '詞腦', '思內',' 詩惱'는 모두 'ㅅㅣㄴㅣ'에서 온 것이다.10)

여기서 또한 얻을 것이 있다. 『三國史, 樂志』에 보면 '辛熱樂'이라는 용어가 나오는데 이 말 또한 '사뇌' '시내'와 동일한 데서 온 것이라는 설명이다.

政明王 九年.....下辛熱舞 監四人. 思內舞 監三人. 韓岐舞 監三人 上辛熱舞 監三人.....『三國史 卷 三十二, 樂志』

(정명왕 9년.....4사람이 둘러앉아 보는데서 하신열무를 추었고 3사람이 보는데서 한기무韓岐舞를 추었으며 3 사람이 보는데서 또한 상신열무를 추었는데....)11)

'한기무'韓岐舞는 『三國史, 樂志』에 따르면 서기 689년 신문왕 9년에 기원한 춤으로 알려져 있으나 어떤 춤인지는 기록이 없다. 춤은 노래(가사) 없이 추었고 가야금 1명, 춤 2명으로 구성되어 추었던 것으로 보이며 여기에 가야금재비, 춤재비들이 함께 한 것으로 보이지만 재비의 역할은 분명하지 않다

---

10) 『古歌研究』 P.34-36 (필자가 조금 풀어 씀)
11) 『三國史 卷 三十二, 樂志』, 『古歌研究』 P.36

우리는 一步進하야 '下辛熱舞' '上辛熱舞'라는 용어를 본다. 이 '辛熱'은 결국 '詩惱' '思內' '詞腦'와 동일한 借字임을 알 수 있다. '辛'을 音差하면 '시' 내지 '신'이고 '熱'자는 옛 지명에서 '느, 니, ㄴㅣ' 등으로 쓰여졌기 때문이다. 그 쓰인 예로는 '尼山縣, 本百濟熱也山縣(니산현은 본래 백제에서는 열야산현이었다)(『三國史』卷 三十六, 地理 三)12)

그뿐이 아니다. 우리가 흔히 말하는 「兜率歌」 역시 「辛熱樂」과 같은 노래 이름이었다. 「도솔가」는 범칭이고 그것을 『樂志』에는 「辛熱樂」이라고 기재했다.

儒理王代 「兜率歌」가 곧 「辛熱樂」의 歌名이오 「詞腦歌」의 범칭이었다. 이는 『均如傳』 注記에도 '詞腦'를 漢字   語로 解한 것만 보아도 알만하다13)

여기에다 『三國遺事』의 「兜率歌」 조에 쓰인 말, '始作兜率歌 有嗟辭詞腦格'(도솔가를 지어 부르기 시작하니 이 비탄의 노래들은 모두 사뇌격이었다)까지 합하면 「도솔가」와 「신열악」과 「사뇌가」는 모두 동일한 것임을 알 수 있다.

---

12) 같은 책, P, 36
13) 『古歌研究』 P.37

'詞腦'는 '詞腦野'이고 명백히 慶州 東泉南의 借字이다
('사뇌'는 '사뇌벌'이고 '사뇌벌'은 경주 東南에 있는 들판의 이름이
다)14)

나는 지금 사내에 산다. 내가 사는 청도는 경주, 아화,
건천의 옆 동네다. 오랫동안 내 사는 땅의 노래를 시로 쓰
고 싶었으나 뜻대로 되지 않았다. 이제 조심히 이 시들을
세상 한쪽에 내놓는다.

---

14) 『古歌研究』 P. 37

이기철 (李起哲)

경남 거창 출생, 영남대 국문과 동 대학원 졸업, 현재 영남대 명예교수, <시 가꾸는 마을> 운영, 1972년 『현대문학』으로 등단, 시집으로 『청산행』(1982) 『지상에서 부르고 싶은 노래』(1993) 『열하를 향하여』(1995) 『유리의 나날』(1998) 『내가 만난 사람은 모두 아름다웠다』(2000) 『나무, 나의 모국어』(2012) 『꽃들의 화장시간』(2014) 『흰 꽃 만지는 시간』(2017) 외 다수와 英譯詩集 『Birds, Flowers and Men』(2018)이 있다. 김수영문학상, 시와시학상, 최계락문학상, 후광문학상, 도천문학상 등을 수상했다.

서정시학 시인선 153
산산수수화화초초 山山水水花花草草

─────────────────────────────────

2019년 1월 10일 1판 1쇄 발행
2019년 7월 22일 1판 2쇄 발행

지 은 이 · 이기철
펴 낸 이 · 최단아
펴 낸 곳 · 도서출판 서정시학
주   소 · 서울시 서초구 서초중앙로 18, 504호 (서초쌍용플래티넘)
전   화 · 02-928-7016
팩   스 · 02-922-7017
이 메 일 · lyricpoetics@gmail.com
출판등록 · 209-91-66271

ISBN 979-11-88903-19-1 03810

계좌번호: 국민 070101-04-072847 최단아(서정시학)

값 12,000원

  * 잘못된 책은 바꾸어 드립니다.

서정시학 시인선 목록

♣ 문학상 ■ 세종도서 문학나눔 ◉ 문화체육관광부 우수교양도서